目次

十五年前

あなたの人生で、いちばん大切なものはなんですか？

青空がひろがる日曜日の午後。縁側でおだやかな時間をすごしていたわたしの胸に、ふとそんな問いが思い浮かんだのは、なぜだろう。

それは――。

ふいに前方の庭で、笑い声がはじけるのが聞こえた。

腕のなかで眠る幼子から視線をそちらに移すと、春の日差しの下で息子たちが楽しそうに遊んでいる。

わたしは目を細めずにいられなかった。

ここは三ノ輪橋《みのわばし》にある古い家だ。

庭は土がむきだし。冬に赤い実をつけるナンテンは手入れ不足だし、洋ランは鉢からせり出し、伸び放題のアジサイは花壇を占領しかけているけれど、ちいさな子が遊べるだけの広さはある。

いま、彼らは四人で輪になり、おおきな黄色いボールを投げあって遊んでいた。

運動が苦手な三男の投げたボールを、活発な次男が飛びあがってキャッチしては、まだ幼い四男の目をまるくさせ、長男は微笑みまじりにその様子をみている。

わたし？

わたしはこのあいだ三十八歳になった母親。とりたててりっぱな人間ではないけれど、世間のさまざまなことを自分なりに経験してきたつもりではいる。

でも、日々はいまだに発見だらけだ。息子たちと接していると、はっとさせられることが、いまもって多い。

どう表現すればいいのだろう。たとえばそれは我が子を媒介に、自分の子ども時代と、そのときの親の心情を重ねて追体験するような、デジャヴに似た感覚というか。

言葉では説明しきれない、独特の心のふるえがそこにはある。

そしてそれを感じるたびに、こんな考えが脳裏をよぎるのだ。

――この子たちも成長し、いつかはわたしと同じく大人になる。将来どんな人になっているのだろう？

わたしは、遠くでボールを投げる長男に目をやった。

彼はいま十八歳。五月晴れを連想させる、さわやかな大学一年生だ。成績優秀でスポーツも万能。とにかくよくできた子で、なんの心配もいらない。

長男の隣にいるのは、すらりと背の高い、誕生日を間近にひかえた十四歳の次男。独立心が強い彼は、我が道を突き進むタイプ。でも根は面倒見がよかったりもするから、通っている中学では人気者らしい。

その隣にいるのは、十歳の三男坊。彼はまだ小学生で、少しぼんやりしたところがある。でも発想力が豊かで、心根もやさしいから、将来は大物になるかもしれない。

そのまた隣にいるのは生意気ざかりの四男。いまは六歳だ。王子さまのように顔立ちが整った彼は、利発にも、すでにそのことを自覚している節がある。鼻にかけないように気をつけてしつけたい。

そして、わたしの腕のなかで眠っているのは、まだ二歳の末っ子の五男坊。いまはほんとうにそう思う。たっぷり睡眠をとって、怪我や病気などをせず健康に育ってほしい。いまはほんとうにそう思う。

と、庭で遊んでいた四男がふいに声を張りあげた。

「お母さーん！　お母さんもいっしょにボール遊びしようよーっ」

わたしは目をしばたたく。子どもの発想というのは意外性にあふれていて、心に余裕があればなによりも楽しめる。

頬をゆるめていると、あきれた顔の次男が「おまえなあ」と四男に話しかけた。

「お母さん困ってるだろ。赤ちゃんだっこしてるのに」

「そうなの?」

「みりゃわかるだろ。おまえは俺に遊んでもらってるだけで満足してればいいの」

するとと四男が血色のいいくちびるをむっととがらせた。

「……なに、そのいいかた?」

えっと目をまるくする次男に、四男は眉《まゆ》をよせて尋ねる。「兄ちゃん、もしかして、ぼくのこと馬鹿にしてる?」

「してねえよっ。おまえもほんと、自意識過剰な六歳児だな」

じいしき、と四男は棒読みでつぶやいた。「なんかよくわかんないけど……たぶん、馬鹿にされたっ!」

四男はもっていたボールを放り捨てると、元気な声をあげて次男へと走り出す。そのいきおいに次男が本気であせった顔をするが、ふたりが衝突する寸前、「はい、そこまで」と落ち着きはらった長男が割って入った。

「喧嘩《けんか》はだめだよ」

四男はその場で地団駄を踏む。「だけどー!」

「わかってるよ。お母さんにも楽しんでほしかったんだろ?」

すると四男は、はにかみがちに深々とうなずいた。その様子をみた次男は目をみはり、いくぶん決まりわるそうに首のうしろをかく。

四男のつむじをなでながら、長男はふり返ってわたしに顔を向けた。眉尻《まゆじり》をころもちさげた、大人びた微笑を浮かべて口を開く。

「赤ちゃんは俺がみてるから、母さんも少しだけいっしょに遊ばない？」

うちの長男は、ものごとの落としどころを知っている。彼がいればこの先も安心だろうと思いながら、わたしは子どもたちに笑顔でうなずいた。

「そうね。だったらお母さんも交ぜてもらおうかな」

「わーい！」

「やったー！」

三男と四男が、びっくりするくらい無邪気に喜びをあらわにするので、なぜか胸の奥が熱くなる。不覚にも涙がこぼれそうになって、あわてて目もとをこすった。

青空に弧を描いて飛んできた黄色いボールをつかみ、子どもたちに投げ返しながらわたしは考える。

人生において大切なものは、その人の年齢や状況しだいで変わっていく。

でも、知らなかった。こんな気分になるんだな――。

わたしはつくづく不思議な気分になる。

家庭をもち、子どもが生まれると、それが自分より大切なものになる。誇張ではなく、生きていく上で優先するものが、自分にとってではなく、子どもたちにとってどうかという基準に切りかわってしまうのだ。

たぶん、それは親としての本能なのだろう。

ちがうのかもしれないが、自分としてはそれでいい。

あらゆる理屈を超越して、わたしの人生でいちばん大切なのは子どもたち。我が子への愛情だけがこの世で唯一、嘘の入りこむ余地がない、たからものだと思う。

彼らのそばで、ずっと笑顔をみていたい。喜びをわかちあい、ときにはいっしょに悩み苦しんだりもして、どこまでも人生をともに歩みたい。

ほんとうに、彼らは将来どんな大人になるのだろうか？

形にならないさまざまな思いが、この世界にはあふれている。

かなえたい願いも、かなわなかった望みも。

でも、もしそれがいま、ひとつだけ形になるとしたら、願うものはただひとつだ。

——わたしの大切な家族が、どんなときでも支えあい、笑顔でいられますように。

ころもさくさくコロッケ

1

白くかすむ葉桜の下を、一両の電車が走りすぎていく。

いまもなお、東京の下町をのどかに走る都電荒川《あらかわ》線の路面電車が、終点の三ノ輪橋停留場にゆっくりと入っていき、とまった。

開いた車両のドアから外に出ると、線路沿いにならぶ多くの花壇が目に入る。

この花壇には、五月中旬から多彩なバラが咲きそろい、その美しさから三ノ輪橋は関東の駅百選にも認定されているのだが、花の時期にはいまはまだ少し早い。

四月の春風に吹かれつつ、駅のアーチをくぐって構外に出ると、すぐ左に「ジョイフル三ノ輪」と銘打たれたアーケードがのびている。

そこは下町情緒が色濃くただよう、昔ながらの商店街である。

八百屋や鮮魚店、紅しょうがの天ぷらが名物の惣菜《そうざい》屋、みたらし団子がおいしい和菓子屋など、個性的な店がずらりと軒をつらねているので、ドラマのロケ地などに選ばれることも多いという。

そんな昔なつかしい商店街から少しはずれた日当たりのいい通りに、一軒の食堂が建っていた。

いかにも年季の入った店がまえだ。

入口は木枠の格子戸。その脇に、食品サンプルがならんだ小型のショーケースがあり、そばには提灯《ちょうちん》を模した和風のスタンド看板が立っている。

日よけのオーニングテントをかぶせた瓦《かわら》のひさしの下、暖簾《のれん》に筆文字で白く染め抜かれた店の名は、『食事処、三ノ輪みけねこ』。——通称みけねこ食堂。

午後の中途半端な時間だからか、出入りする客の姿はない。

よくみると、格子戸には休業のお知らせが貼られていて、いま、それを苦々しげに眺めながら、ちいさく舌打ちをする者がいた。

すらりと背の高い黒髪の青年だった。

シンプルなライダースジャケットに細身のパンツ姿。革のボストンバッグを片手で背中にかけるようにしてもっている。顔立ちは端整だが、野性味のある切れ長の目や引き結ばれたくちびるに、どこか意地っ張りな雰囲気がただよっていた。

その青年——谷村柊一《たにむらしゅういち》は、仏頂面でぼそりとつぶやく。

「なにが臨時休業のお知らせだよ」

臨時もなにも、最近はずっと営業していないはず。当分休業すると正直に書いておけばいいものを。

とはいえ、こんな古い店がいままでよくつぶれなかったものだ。魚に喩《たと》えればこの店は、生きた化石のシーラカンスみたいなものなのだから。

直後、はたと気づいて柊一はひとりごちる。

「いや、魚じゃない。ねこだっつの」

あなたの町の定食屋さん、三ノ輪みけねこ――と歌うようにつぶやくと、表情筋のこわばりも解けて、ささくれていた心も多少やわらいだ気がした。

柊一は、みけねこ食堂を営む谷村家の次男である。

といっても、柊一自身は高校卒業後すぐに家を出て、ずっとひとり暮らしをしていた。下町の実家に帰ってきたのは、かれこれ十一年ぶりだ。

親元に帰らなかったのは仕事が忙しかったこと、自立心が強かったこと、それからもうひとつ微妙な理由があるが、こうしていま戻ってきたことには、さらに風変わりな事情がある。

「でもまあ、なるようになるだろ」

黒髪をくしゃくしゃとかきまわすと、柊一は店の正面を離れた。角を曲がり、店の横の勝手口の前を通りすぎて、住居のほうへと向かう。

この店、みけねこ食堂は、いわゆる店舗つき住宅だ。

一階の東側が大衆食堂になっており、西側と上のフロアはすべて住居。

もともとは二階建てだったそうだが、柊一が生まれる前、商売が絶好調だった七〇年代に、三階建てに増築したのだという。だから広さだけはかなりのものだ。

でも、元気な男の子だけの大家族だったから、昔はよく手狭に感じたものだった。

柊一が十五歳になってまもないころ、母親の谷村静《しずか》が突然亡くなるまでは。

「母さん……」

そのことを思い出すと、いまも柊一の胸には切ないものがひろがる。

手術が成功したときに、すっかりよくなったものだと思いこんでいた。その後もいつも元気そうにしていたから、再発するなんて予想だにしなかった。

急に体調を崩して入院してからは、まさしくあっという間。一週間もたたずに母は亡くなり、かつて味わったことのない衝撃に家族全員が打ちひしがれた。

胸にぽっかり穴が開いたような喪失感というのを柊一はあのとき、ほんとうの意味で味わい、身をもって理解した気がする。

そしてそれは、ほかの家族も同様だったろう。祖母は悲嘆で床にふせり、父親は現実が受け入れられないらしく、なにを話しかけても反応しない。

三男と四男は毎日しくしく泣きつづけた。人前では気丈にふるまっていた柊一も、じつは毎晩布団をかぶって嗚咽《おえつ》していた。

皆の笑顔は根こそぎ失われ、そうして谷村家は火が消えたようになったのである。

だれよりもしっかりした長男、当時大学生だった零《れい》がいち早く立ち直り、折にふれて励ましてくれなければ、一家は際限なく落ちこみつづけていただろう。皆の気持ちは空中分解し、家庭崩壊していたかもしれない。

零がいたから家族はどうにか立ち直ることができた。

昔から人並み外れて優秀ではあったが、この件以降、零は父の竜也《たつや》とならぶ谷村家の精神的主柱としてみなされるようになったのだった。

「……あれから十五年か」

どんなに悲しい経験も、時はいつか思い出に変えてくれる。母の死から長い月日が流れたいまでは、柊一の胸の傷もかさぶたとなって癒《い》えていた。

それでも、この家をみると思い出さずにはいられない。

自分よりおおきな存在に無条件に守られるという、人生の一時期だけに許された、とくべつなしあわせ。それを存分に味わわせてもらっていた遠い日々のことを。

与えてもらったそれはもう、返すことができなくなってしまったけれど、などと考えながら柊一は家の敷地に足を踏み入れ、ぶらぶらと奥へ進んでいく。

やがて、昔よく兄弟たちとボール遊びをした庭へ出た。

「うわ、なつかしい……」

意外にも、庭は昔よりきれいだった。庭木のナンテンの形は整い、すぐ伸び放題になるアジサイも適度に剪定《せんてい》されている。

母亡きあとは、わりと煩雑に散らかっていることが多かったこの庭。いまはだれが手入れをしているのだろう？

ふと背中に視線を感じ、ふり返った柊一は目をみはる。「あっ」

一瞬、白いバラのつぼみかと思った。きっと植えこみの陰に隠れていたのだろう。見知らぬちいさな女の子が茂みのそばに立ち、おおきな目を柊一に向けていた。

この子が例の……と、柊一はぼう然と考える。

陶磁器製の人形を思わせる少女だった。顔立ちはどことなく欧米風に整っており、色素が薄めの髪を長くのばして、淡い水色のプルオーバーを着ている。

話では六歳のはずだが、聡明《そうめい》そうなその瞳《ひとみ》は、年齢以上の大人びたなにかを感じさせた。ややもすると神秘的なほどに。これが血は争えないというやつなのか？

ふいに少女が口を開いた。「あなたが、シューイチおじさん？」

「おじっ？」

思わず自分を指さし、とまどいながらも柊一はうなずく。

「ああ、俺は谷村柊一……。つーか、おじさんじゃねえっ」

ひゃっと驚いたように少女は身を引き、怪訝《けげん》そうに眉《まゆ》をよせてこちらをみる。

「ちがうの？」

「いや、ちがうというか、ちがわないというか」

仏頂面で柊一が言葉に迷っていると、少女は不思議そうに首をかしげた。愛らしい自然な仕草に毒気を抜かれ、くしゃくしゃと後頭部をかいて柊一は弁明する。

「俺はほら、まだぎりぎり二十代だから。まあ誕生日はもうすぐなんだけど、二十代をおじさんって呼ぶのはおかしいだろ？」

「そういうふうにとったんだ」

「え？」

意味がわからず一瞬とまどい、直後に柊一は得心する。

「なんだ。おじさんってそっちのほうか」

漢字で書くと、叔父《おじ》さんの意。見た目は幼いが、なかなか頭のいい子らしい。とはいえ、まだよく知らない相手にそう呼ばれるのも、落ち着かないものがある。

「まあ、めんどくさいから柊一でいいよ。呼び捨て可」

少女はきまじめな顔でうなずくと、早速声に出していった。「柊一」

「おう。で？　おまえのほうは？」

「杏《あん》」

「ん」

「あんずの杏。今月六歳になったばかり」

「ジャムとかつくれそうないい名前じゃねえか。六年ものか」

軽口を叩《たた》きながら柊一は考える。ほんとうは、名前はすでに人づてに聞いて知っていた。でも事実として実感するために、本人から直接訊《き》いてみたかった。

聞いた話がたしかなら、この少女は谷村杏ということになるが――あるいは、ほかの解釈をしているのだろうか？　実際のところ、谷村家ではどんな処遇なのか本人に訊いてみようとしたとき、杏が茂みを離れてこちらに近づいてくる。

てくてく歩いて間近まで来ると、杏は凛々《りり》しい顔つきで柊一を見あげてきた。

「……どうした？」

「あのね、柊一」

いいにくいことなのか、杏は下からきりっと柊一を睨《にら》んでいる。子どもとは思えないその眼力に、柊一が少したじろいだ直後、杏はにっこりと満面の笑みを浮かべた。

「おなか空《す》いた！」

思わず目をしばたたき、柊一は困惑気味に「お、おう……」とうなずいてみせた。

2

下町の少しごちゃついた生活感が、のんびりと息づく三ノ輪橋。

その駅から歩いてすぐの場所にある谷村家といえば、昔から評判の大家族だった。食堂を営む谷村竜也と、妻の静のあいだには男の子が五人いて、きれいに四歳ずつ年が離れている。

生まれた順に、長男の零、次男の柊一、三男の悠司《ゆうじ》、四男の珊瑚《さんご》、五男の良樹《よしき》。谷村五兄弟には識別しやすい、そんな名前がついているのだった。

名前にわかりやすく数字の要素を入れたいと望んだのは父の竜也で、そこに母の静がひねりを加え、ゼロからはじめることにしたらしい。

「2よりも1のほうが格好いい」という理由で、柊一は自分の名前に不満はない。また、数字の1に限らず、ひとりで行動することも嫌いではなかった。生まれつき独立心が強く、単身、自分の力を試す行為にときめく。だから高校生のとき、卒業したら家を出て、飲食業界で働くつもりだと父に打ちあけたのである。

もともと料理が好きで、将来はそういった職業に就きたいと思っていた。そして、なるべくなら町の大衆食堂であれば、進学した先で学べることは多くない。

堂ではなく、より広い世界で勉強したかった。

父は意外にも反対しなかった。

「そうか。おまえがやりたいなら、やってみろ」

そして、「調理師の資格はなくてもいいが、あればあったで、はったりがきく。実務経験が二年以上あれば試験で実習が免除されるから、そのときはとっとけ」と助言もしてくれた。

典型的なたたきあげタイプの料理人である父の、血が通った言葉だ。うちの店で働けといわなかったのは、父なりの配慮とプライドだったのだろう。

それがわかったからこそ、遠慮せずに自分の意思を通させてもらった。

知人に紹介されたスペインバルで柊一は働きはじめ、最初の仕事こそ雑用ばかりだったが、徐々に調理をまかされるようになる。センスがあったのか、柊一の腕はめきめき上達して、数年後には有名店から引き抜きの声がかかるまでになった。

修業を兼ねていくつかの店を渡り歩き、そのころには柊一の腕はどこへいっても通用した。グルメ雑誌にインタビューされたことも、いちどはTVに出たこともある。

そして、やがては業界でも一流と名高いスペイン料理店、西麻布《にしあざぶ》のエル・セレッソでスーシェフをまかされるほどに躍進したのだった。

スーシェフとは副料理長のこと。職場の人員をコントロールするのが主要業務の料理長に代わり、先頭で腕をふるうことの多い、厨房《ちゅうぼう》の花形である。

ハードな仕事ながらも、やり甲斐《がい》があり、柊一の気質にも合っていた。内心、この店に骨をうずめてもいいとまで思っていたのだが。

「はあ……」

そしていま、オレンジ色に染まった部屋で、柊一は不機嫌なため息をついている。

夕方、西麻布のマンションの一室だった。西日がまぶしく、そもそもこの時間帯に家にいること自体が気に食わない。

「ったく、ふざけんなよな」

ベッドの横にもたれて柊一は毒づく。じつのところ、最近ずっとこんな調子だ。

と、ふいにインターホンが鳴り、だれかと思えば訪ねてきたのが末の弟の良樹だったので、柊一は一瞬ぽかんとした。「突然なんだ……?」とぼやきながらドアを開けると、高校の制服に身を包んだ良樹がいて、うれしそうにぱっと微笑んでくる。

「兄さん!」

「おう、元気そうだな。つーか、来るならいつもみたく連絡入れてから来いよ」

「ん、今日はちょっとわけありなんだ」

「なに、その意味深ないいかた?」

谷村五兄弟の末っ子、五男の良樹は十七歳。少し長めの流れるような黒髪と、色白で中性的な顔立ちが、どこか良家の御曹司を思わせる雰囲気だ。

実際、品があっておっとりした物腰だが、もちろんお坊ちゃまなどではなく、柊一と同じように谷村家で育った、下町の高校生である。

年が十二歳離れていて甘えやすいのか、良樹はときどき柊一のマンションに遊びに来る。ほかの兄弟とは連絡をとらないから、部屋に来たことがあるのは良樹だけだ。

リビングに通された良樹は、部屋の散らかり具合をみて「わー」と苦笑いした。

「なんかすごいね。片づけてあげようか？」

「これはわざとこうしてんの。散らかすことで自分の人間性を、自分に思い知らせてるんだよ」

「あちゃー、まだ引きずってるんだね」

「うるさいな。それより用ってなんだ？ 俺いま、高校生の甘酸っぱい恋愛相談とかに乗る気分じゃねえんだけど」

「ん。それも相談したいところだけど、今日のはもっと重い話。兄さん、知ってる？ いまうち、大変なことになってるんだよ」

「大変って……俺よりもか？」

良樹は真顔でうなずいた。「たぶん。だから助けてほしいんだ」

床にぺたんとすわる良樹につきあい、仕方なく柊一も床に腰を落とした。壁に背中をあずけて片膝《かたひざ》に手をかけながら、「なにがあったんだよ?」と訊いてみる。

良樹はこたえた。

「零兄さんがいなくなった。隠し子を置いて、どこかに失踪《しっそう》しちゃったんだ」

あまりの衝撃で視界がぐらりと揺れた。——あの兄貴に隠し子だって?

谷村五兄弟の長男の零は、三十三歳。幼いころは下町の神童と呼ばれ、成人してからも有能だという希有《けう》な男だ。大衆食堂、三ノ輪みけねこを切り盛りする三代目にして、谷村家の頼りになる大黒柱。もちろん独身である。

そんな零のもとに、ある晩、謎の女性が訪ねてきたのだという。

「玄関のドアを開けたのは僕だったんだけどさ。不思議な感じの人だった。春なのに全身黒い服で、つばの広い帽子を深めにかぶってて。だから顔とかもよくみえなかったんだ。その人が連れてた女の子のほうが、ずっと印象的だったよ」

黒い服の女性は、幼い少女を連れていたという。

零を呼んでほしいと女性にいわれた良樹は、奥に戻って兄を呼び、その後は廊下の陰にかくれて、ひそかに様子をうかがっていた。

玄関に出てきた零は、その女の姿をみると息をのんだ。

「きみか……。その子は?」

「名前は杏。あなたの娘」

刹那《せつな》、零は氷のように全身を硬直させた。

女は固まった零の服のすそを少女の手に握らせ、そのちいさな白い耳に小声でなにごとかをいいきかせると、谷村家から悠々と立ち去ったという。置いていかれた少女は無言で、零の服のすそをじっと握っていた――。

そして、その夜の谷村家は過去に類をみない、ものすごい騒ぎになったという。

当然だろう。完璧《かんぺき》をもって知られる長男に、隠し子がいたと発覚したのだから。

「ほんと大変だったよ。おばあちゃんは気絶するし、父さんは赤くなったり青くなったりで挙動不審になっちゃうし。珊瑚兄さんもめずらしく動揺しまくってて」

「……ばあちゃん、だいじょうぶだったのか？」

「うん。おばあちゃんは翌日にはふつうに起きあがれるようになってた。心配なのは父さんだよ。鬱《うつ》っぽいというか、よく寝こむようになっちゃって」

「は？　なんだよそれ、似合わねえな」

でもわかる気がする。親父はだれよりも零を信頼していた。つねに期待の上をいく長男だったから、怒るというより放心状態になってしまったんだろうと柊一は思う。

不思議なことに、家族のだれがなにを尋ねても、零は頑として口を割らなかったそうだ。ふだんは社交的で鷹揚《おうよう》な零のその沈黙には、怖いほどの迫力があったという。

説明も、釈明も、弁解もすることなく、「俺の子は俺が責任をもって育てる」とだけ明言して、零は隠し子だという少女、杏を世話しつづけた。

うかつな質問をこばむ緊張した空気が、しばらく谷村家をおおっていたが、まもなく本格的にまずい事態になる。

零が行方をくらましたのだ。子どもを置いて。

なんでも「ちょっと出かけてくる」とだけ書いたメモを残し、突然帰ってこなくなったらしい。携帯電話にかけてもつねにつながらず、さすがに表沙汰《おもてざた》にせざるをえなくなった父は、零の知人にあたった。心あたりのある場所をすべて探し、警察に届け、なじみの興信所にも依頼したが、みつからない。

そして手がかりのないまま、はや一週間がたったという。

「やっぱり、重荷だったのかな」

良樹がぽつりと伏し目がちにそうこぼしたので、柊一は目をすがめた。

「なんだって？」

「ん。なんかこう、面倒なしがらみをふりきって、遠くに逃げたくなったのかなって」

どこか切ない顔でつぶやく良樹に、ぶっきらぼうに柊一は応じる。

「なにを高校生が人生に疲れたようなこといってんだか。事情がどうあれ、子どもに罪はない。しがらみとか重荷とかいうなよ」

「あ、ごめん」

「かんたんに捨てられるものじゃないだろ、子どもって」

そんなふうに応じつつも、これは本気でやばいかもしれないと柊一は危ぶむ。

なぜなら、零はどんな困難からも逃げたりしない。零が家業を継いだあのときの件で、つくづく思い知らされたのだから。

「つーか、あれだな……。犯罪にでも巻きこまれたのか？」

ぼそりといったものの、警察と興信所に依頼しているなら、柊一としてはどうしようもない。ずっと離れて暮らしており、零の私生活のことなど一切知らないのだから。

良樹が不安そうな顔をする。「犯罪？」

「いや、いってみただけ。心配すんな。警察でも興信所でもみつけてないなら、すくなくとも、そのへんで野垂れ死んだりはしてないってことだろ。だいじょうぶ。兄貴のことだから、どこかで忙しく動きまわってるのさ」

「そうだよね……」

「そのうち、しれっと帰ってくるよ。で？　俺はなにをすればいいんだ？」

きょとんとする良樹に、軽く嘆息して柊一はつづける。

「頼みごとがあって来たんだろ？　ほら。おまえがうちの家族の代表というか、代理人として」

「あ、そこまで見抜かれちゃってたんだ。やっぱり柊一兄さんは鋭い」

良樹は眉尻《まゆじり》をさげて苦笑いすると、本題を切り出した。

「零兄さんがいなくなってから、父さんがショックで半分寝こむようになっちゃったからさ。いまは店を閉めてるんだけど、おかげでおばあちゃんが怒ってて」

「ばあちゃんが？　なんで？」

「我が息子ながら、ふがいないって。たしかにいまは逆境だけど、だからこそ店を開けるべきだ。料理人とはそういうものなんだーっていって、ご立腹なんだ」

柊一はわずかに苦笑する。「ばあちゃんらしいな……」

でも、プライベートがどうあれ、仕事は仕事だというスタンスはまちがっていない気もした。料理人に限らず、プロはみんなそうなのではないかと柊一は思うが、良樹がつづけた言葉には虚をつかれた。

「それでおばあちゃん、自分が厨房《ちゅうぼう》に立って店を開けるっていうんだよ。そうでないと、亡くなったおじいちゃんにあの世で合わせる顔がない。昔とった杵柄《きねづか》だから、自分がやるっていって聞かないんだ」

「マジか？　ばあちゃん、もう八十すぎてるだろ？」

「今年で八十三だよ」

おいおい、と柊一は思った。飲食業は決して楽な仕事ではない。お年寄りはおとなしく縁側でひなたぼっこしていればいい、などというつもりは毛頭ないが、なるべくなら無理をしないで長生きしてほしかった。

「みんなでおばあちゃんを止めてるんだけど、そろそろ限界なんだ。お願い！　柊一兄さん、なんとかして！」

身を乗り出して頼む良樹に、柊一がこたえるまで数秒の間がはさまった。

「……それは、俺に代わりに店をやれってことだよな？　兄貴が戻ってくるまで」

「ん。べつに僕だけがそう思ってるわけじゃないよ。これはみんなの望み。こんなときに柊一がいてくれたらって、おばあちゃんはしょっちゅういってるし、口には出さないけど、たぶん父さんだって」

柊一はこめかみを指でかく。「どうだろうな」

あきらかに、いまの谷村家はせっぱつまっている感が濃厚で、その弱気ぶりがおもしろくなかった。でも、だからこそ気になるのも事実だ。

いつまでもは無理でも、兄の零が戻ってくるまでのあいだなら——。

不幸中の幸いで、時間だけはある。飲食店が加速度的に忙しさを増していく夕方のこの時間帯、柊一が家にいるのは、いまなんの仕事もしていないからだ。

正確には求職中。スーシェフを務めていたスペイン料理店、西麻布のエル・セレッソを、つい先日辞めたのである。

理由は単純。オーナーと見解の相違があった。

不況のせいで、じりじりと下落している店の売上。ある日、それを回復させる秘策があるとオーナーがいい、コスト削減のために今後は安い食材を使うとぶちあげた。

ただし、メニューは訂正せずに中身だけを入れ替える。つまりは食品偽装だ。

イベリコ豚を業務用スーパーの激安豚肉に。スペイン産の地鶏《じどり》をブロイラーに。サラダには、農薬をたっぷり使った〝無農薬野菜〟を使う。

どのみち一般人に繊細な味のちがいはわからない。偽装によって店側はコストを削減でき、客側は従来どおり高級店のイメージを味わえるのだから、いいこと尽くめだとオーナーは語った。

その考えかたに、我慢がならなかった。

どんな客にでも本気で料理をつくってきたことを柊一は誇りにしている。そこに安っぽい嘘を介入させる真似は許せないし、客を馬鹿にした態度も気に食わなかった。

料理長のシェフは、もともとオーナーとべったりだったので賛同したが、スーシェフの柊一はそうしなかった。手厳しくオーナーを批判し、それ以上に苛烈《かれつ》な反発を受けた。いつしか熱が入って喧嘩《けんか》腰の激しい口論になる。

他人におもねらない独立心がこのときは災いした。最終的には「こんな店、いますぐ辞めさせてもらう！」と柊一は自分から口にしていたのだった。

自分は誇りある料理人。そしてエル・セレッソはいまこの時点で、三流以下の店に成りさがった。ここの仕事にはもう心血を注げない。幸い、腕には自信があるから次の職場はすぐにみつかるだろう。そう柊一はたかをくくっていたのだが。

甘かった。やはり大手の圧力と、横のネットワークはあなどれない。

エル・セレッソのオーナーは都内の多くのスペイン料理店に、柊一のわるいうわさを流していたようだ。面接では必ずその話題に触れられて不採用となった。

それがもう十店以上もつづいている。いまだに働く場所をみつけられず、これで腹が立たない人間はいないだろう。柊一の気分は荒《すさ》み、部屋も荒れて散らかり放題だ。だからほんとうなら、家族のことを助けている場合ではないのかもしれないが。

「……しょうがねえな」

いつのまにか口が勝手に動いていた。「とりあえず様子をみにいくだけな。どうするかはそのあとで決める」

ぶっきらぼうにいった直後、どこか負担が軽減されたような感覚をおぼえる。ここ最近の状況はさすがにこたえていたから、家族の存在があることに安堵《あんど》させられたのかもしれない。

「ありがとう、兄さん」

良樹は両目をふわりと細めた。「週末には来られるよね。待ってる！」

週末というのはやはり今週末なのだろうか。顔を合わせたくない相手もひとりいるのだが。そんなことを思いながら、柊一は十一年ぶりに実家へと戻ったのだった。

3

「遠かっただろう。まずは飲んでひと息入れなさい」

ああ、と柊一はぎこちなくうなずいて緑茶に口をつけた。

柊一の隣では、杏がお茶をふうふう冷ましている。そんなふたりを眺めながら京《みやこ》は長い座卓の先で口をつぐみ、ほかの皆も同様に沈黙していた。

先ほど、ひさしぶりに下町の実家に帰った柊一が玄関の扉を開けると、茶の間からすぐに京が出てきた。

京は、今年八十三になる谷村家の家長。矍鑠《かくしゃく》とした、きれいな白髪の老婦人だ。戦争経験者で、その肝のすわり具合は谷村家でも随一。いつにもまして気合が入っているのか、今日は着物に身を包んで背筋をきりっとのばしていた。

みけねこ食堂をはじめたのは京と、亡くなった夫の鷲介《しゅうすけ》だから、店への愛着はだれよりも深い。いうなればその思いが、こうして柊一を家に呼び戻した。

「ばあちゃん、ひさしぶり」

幼いころ厳しく躾《しつ》けられたため、祖母にはいまでも頭があがらない。玄関で柊一が逡巡《しゅんじゅん》まじりに挨拶《あいさつ》すると、「よく帰ってきた」と京はうなずき、家族をこの奥座敷へと呼び集めたのである。

板張りの廊下を進んだ先にある、ふすまの開け放たれた畳敷きの部屋だ。

なにを差し置いてもまずは顔あわせ、という意味あいなのだろう。大家族らしい発想ではあった。行方不明の雫をのぞく谷村家の全七名がずらりと座卓につき、出方をうかがっている光景は、状況の当事者でなければ壮観だと思うにちがいない。

だがいま、張りつめた空気のなか、谷村家の者はだれも口を開こうとしなかった。

家を出てから、あまりにもひさびさの帰還。なおかつ、なれあいを好まない気質の柊一に、どう接すればいいのか皆がわからないらしい。

緊迫感に耐えきれないというふうに口火を切ったのは、柊一のすぐ下の弟、三男の悠司だった。

「元気そう……で、よかったんじゃないかな」

どこか腰が引けた口ぶりは昔のままだ。

悠司は二十五歳。兄弟でもっとも背が高く、アスリートのように筋肉質で肩幅が広い。引きしまった二の腕も太く、着ているカットソーが窮屈そうなほど隆々とした体つきだが、逆に顔はほっそりとやさしげ。繊細な目鼻立ちに、やわらかな前髪とスクエア型の眼鏡がよく似合う、おとなしい青年である。

都内のＩＴ企業でエンジニアをしている眼鏡男子の彼は、生来のインドア派。それだけに、外に打って出る気質の柊一に気後れするらしい。もっとざっくばらんにすればいいのに、などと思いながら、柊一はぶっきらぼうに「おう」と応じた。

「そっちも元気そうじゃねえか。つーか、わざわざ来てくれてわるいな」

「いや、その……わざわざってわけでもなくて」

煮え切らない様子の悠司に、「なんだよ？」と柊一がうながすと、あまり聞きたくなかった話題が飛び出してくる。

「いろいろあって会社がつぶれてさ。いま次の職を探してるとこ。家賃を払えなくて少し前から戻ってきてるんだ」

「マジ？　そうだったのか？」

「恥ずかしいけどね。いまは絶賛無職中」

「いや、絶賛はしてねえから。でもまあ……だったら俺と似たようなもんだな」

柊一の無骨ななぐさめの言葉に、「だといいけど」と悠司は気弱に苦笑した。

すると、悠司の向かいでお茶を飲んでいた末っ子の良樹も、「似たようなものだよ。だって兄弟なんだから」と、とってつけたようにあかるく励ます。

そんな一連のやりとりで、場の空気は微々とではあるものの、ほぐれたようだ。

だが、それをふたたび凍りつかせるひと言が、唐突に良樹の隣から発された。

「あーあ。ここはまるで無職の巣窟《そうくつ》だね」

「なに？」

柊一が睨《にら》みつけた視線の先では、四男の珊瑚が西洋絵画の天使のような顔に侮蔑《ぶべつ》の色をたたえて、やれやれと首をふるところだった。癪《しゃく》なことに、それが絵になる。

「まともに職に就いてる人がひとりもいないじゃない。右をみても無職、左をみても無職。いたるところが無職でいっぱい」

気だるげにそういい放った珊瑚は、二十一歳の大学生。笑ったときに一瞬みえる鋭角的な犬歯がチャームポイントで、その点をのぞけば、すべてのバランスが完璧《かんぺき》に整った麗しい顔立ちの青年だ。

だが、白いシャツと杢《もく》グレーのベストという清涼な服装とは裏腹に、とげのある皮肉な性格で、優美に微笑みながら毒を吐くタイプ。いうなれば牙《きば》の生えた天使である。容姿に恵まれすぎたせいで、精神形成に逆の影響があったのかもしれない。

ここは無職の伏魔殿だね、と吐き捨てる珊瑚に、軽く舌打ちして柊一は応じた。

「うるさい。つーか、おまえは昔から失礼なんだよ。俺と悠司はともかく、家事とかやってくれてる人のことを無職とはいわないだろ？」

「いわないねぇ。俺は、若いのにふらふらしてる情けないやつにだけいったの」

まったく、と柊一は思う。たしかにこいつとは昔からそりが合わない。万事に率直な柊一と、もってまわった皮肉屋の珊瑚は、幼いころから水と油だ。実家に帰るにあたり、顔を合わせたくない相手がひとりいると考えたのも珊瑚のことだが、ここまで嫌味なやつだったろうか？

柊一が眉《まゆ》をひそめる一方で、年の近い弟の悠司は苦笑いして後頭部をかいている。

「はは、すごいなぁ。珊瑚はほんと、ぜんぜん容赦がない……」

「いや、すごいなじゃねえだろ。無職らしく、じゃなくて兄貴らしく、こういうときは一発がつんといっとかないと」

いらついて悠司に発破をかける柊一を、珊瑚はにくらしいほど優雅にせせら笑う。

「はぁ？　口で俺に勝てるつもり？」

「なんで口だけって決めつけるんだ？」

「なら兄貴は耳も使いなよ。俺が奏でる言葉に聞きほれれば？」

と、無益な舌戦がはじまりかけたとき、上座のほうから、どら声の一喝が飛んだ。

「ばかもん！　いい加減にせんかっ！」

顔をむけると、だるまのような体軀《たいく》の父の竜也が顔を赤くして、息を切らしていた。

谷村五兄弟の父親、竜也は還暦すぎの六十二歳。いまどきめずらしく腹巻きを粋《いき》に着こなせる、体重百キロの伊達男《だておとこ》だ。昔は自他ともに認める雷親父だったが、七年前に自動車事故に遭ってから、足が不自由になった。それ以来、杖《つえ》をついて歩くようになり、店も長男の零に継いでもらって、いまは半隠居状態のはずである。

「おまえらは……ほんとに、いくつになっても……」

低くうなるように竜也はつづける。

「こんな大変なときだってのに……まったく」

ぶつぶついいながら竜也はてのひらでひたいを押さえて、いつしか黙ってしまう。

そういえば零が失踪《しっそう》したショックで父は寝こんでいることが多いと良樹がいっていた。やっぱりまだ本調子ではないようだ。

ふたたび和室に緊迫の空気が垂れこめて、居心地のわるさに柊一は身じろぎする。

あまりにも微妙な雰囲気としかいいようがない。

父はだんまり、悠司はもそもそと居心地がわるそうで、珊瑚は冷たくそっぽを向いている。良樹はその場しのぎのようにお茶を飲みつづけて、杏は柊一の隣で所在なさそうにしつつも、さりげなく視線をあちこちに走らせていた。まるでこの場に渦巻く錯綜《さくそう》した人間関係の力学を読み解こうとするように。

——俺は家族の危機をどうにかするつもりで来た。でも、これはそもそも俺の手に負える事態なのだろうか？

いま、自分と家族のあいだには明確な溝があると柊一は思う。どんな態度でおたがいを受け入れればいいのかわからないという、寒々しい、基礎的な部分での断絶だ。十年以上、実家に近づきもしなかったのだから当然かもしれない。これだけ離れて暮らしていたら、もはや他人に近いだろう。

それに、うまく言葉にできないが、ほかにも表面化していない厄介な問題がまだまだ山積している感もある。

こんなとき、母さんがいてくれれば――。

ないものねだりと知りつつも、思い出さずにはいられなかった。

母は個性派ぞろいの家族をいつもあたたかく見守り、尊重しながらも、しめるところはしめてまとめてくれていた。かけがえのない一家団らんの象徴だった。

いまここに母さんがいてくれたら、これほど家族の気持ちがばらばらに離れていることはなかっただろう。いまさらながらに、柊一は母の存在のおおきさを思い知る。

そのとき、いままで沈黙していた祖母の京がふいに凛然《りんぜん》と口を開いた。

「どこにあるんだろうね。こうなったそもそもの原因は？」

問いかけるような京のひと言に、柊一ははっとする。俺のせいだとでもいうのか？

「あたしも柊一には、いいたいことがないわけじゃないんだ。でもね、いまは帰ってきてくれただけでありがたいと思ってる」

「ばあちゃん……」

「この先まちがいなく、大変なことがいろいろと起こる。だから、いまなら引き返してもいい。帰るもよし、進むもよしだ」

そして京は凛としたまなざしで告げた。「柊一、あんたの好きなようにしなさい」

投げやりな姿勢ではなく、こちらを信頼してそういってくれているのが伝わってきたからこそ、あらためて柊一のなかで当初の意志を貫く覚悟が固まった。

「やるよ」

柊一はきっぱりといった。「店のことは心配ない。兄貴が帰ってくるまで、俺がひとりでなんとかする」

ひとりで、の部分を強調したのは、兄弟たちの弱気を叱咤《しった》する意味あいだ。男がこれだけ雁首《がんくび》そろえているのに、現状、情けないにもほどがあるだろう。たしかにいまは逆境ではあるが、だからこそ逃げ腰ではいけない。

柊一が言外ににじませた「おまえら、もっとしっかりしろよ」というメッセージを察したのか、悠司は気おくれしたように身を引き、珊瑚は冷たく鼻を鳴らし、良樹は困ったように笑ってごまかした。兄弟間の気持ちはあきらかに嚙《か》み合っていない。

そんな光景を前に京は静かに嘆息すると、「とにもかくにも店の件、ありがとうね」と柊一に告げた。

「ああ。その件はべつにいいんだ。最初からやるって決めてたんだから。それよりも、ばあちゃん。いまはもっと重要なことがあるんじゃないのか」

怪訝《けげん》な顔で「ん？　なんだい？」と問うてくる京に、一瞬かすかな苛立《いらだ》ちをおぼえて柊一は切り出す。

「この子だよ。杏のこと、どうするつもりなんだ？」

途端、だれもがあいまいに目を泳がせて、ばつのわるい空気がただよう。

自分の名前が突然出たことに驚いたのか、杏は柊一の隣でぴんと背筋をのばしていた。空気越しに、どきどきと打つ少女の心臓の音が伝わってくるようだ。

こんなにちいさな子がこんな境遇に置かれるというのは、あきらかに正しいことではない。かわいそうに、と思いながら柊一は語気を強めた。

「ちゃんと話とかしてんのか？　意思疎通は問題なくできてんの？　預かることにした以上、ほったらかしにしてちゃだめだろ」

「家族でしっかり面倒はみてるよ」

若干むっとしたように応じる珊瑚に、柊一はかぶりをふった。「いいや、おなかを空《す》かせてた」

しかも会ってすぐにそのことを聞いたとつづけると、珊瑚は曖昧《あいまい》なうなり声をあげて黙り、家族たちは気まずそうに沈黙した。昼食のあと、夕食までの時間は長いから子どもがおなかを空かせるのは、ふつうにありうることだと彼らも気づいたらしい。

そもそも、と柊一は胸中でつぶやく。

最初に説明がない時点で妙だと思っていた。説明がないのは知らないからだ。どんな境遇の子にしたところで、ふつうは付随する情報がいろいろとあるはず。

杏はどこで生まれ、だれの手でどのように育てられて、なぜいまになって零に預けられたのか？　預けに来た女性はだれなのか？　零とはどんな関係なのだろう？

それらを杏からまだ聞き出せていないのは、まともに向かい合えていないからだ。

というよりも、本音をいえば、それをしたくないのではないか……？

つまるところ、皆にとってこの隠し子は、心の底では認めたくない存在。

隠し子の存在は、谷村家の絶対的な舵《かじ》とり役である長男の品位をさげてしまう。あるいは帰還した零から事情を聞くまで、どうあつかうかは棚上げにしておきたい。

この子は、あくまでも降ってわいた一時的な預かりもの――。

表向きはちがっても、無意識のレベルではそう捉《とら》えている。だから、あたかも気づかうような形で、他人事《ひとごと》さながらの腫《は》れ物《もの》あつかいになる。

でも、それはまちがいだ。

完璧《かんぺき》な人間はいない。零兄貴だって、一生にいちどくらいはまちがうこともあるだろう。家族なら、なぜそれをそのまま受け入れて、前向きに進んでいけないのか？

そして、それより重要なのは、なんといっても杏の待遇。いまのこの子に親身になってやる者が、ひとりくらいはいてもいいし、いなければならない。

俺は自分ひとりの力で道を切り開き、いちどは社会的にも成功をおさめた。だからこそ、ひとりの自由も利点も、よそ者あつかいされる孤独も熟知しているつもりだ。

味方がだれもいないなら俺が——。柊一は心を決めた。

「なあ、ばあちゃん。ちょっとキッチンを使ってもいいか」

「え？　そりゃもちろん、なんでも使ってかまわないけど」

どうするつもりだと視線で尋ねられた柊一は、「料理」とこたえる。

「腹が減った人をずっと待たせちまって、内心じりじりしてたんだ。なんでも使っていいなら遠慮なく使う」

柊一は隣の杏に顔を向けた。「来いよ。好きなものをつくってやる」

「うん！」

杏は元気よく立ちあがると、歩きはじめた柊一をぱたぱたと追いかけてきた。

4

軽く切りこみを入れてから電子レンジで加熱すると、じゃがいもは皮だけをきれいに剝《む》くことができ、素材の水分や栄養もその分だけ逃しにくい。湯気を立てる熱いじゃがいもの皮をぺろりと剝き、その後はマッシャーで丁寧につぶしていく。柊一は調理中だった。

背伸びをしてキッチンをまじまじとのぞきこむ杏に観察されながら、柊一は調理中
店の厨房《ちゅうぼう》に比べれば狭いが、対面の窓から外の風景がみえる牧歌的なキッチンで、食材をてきぱきと流れるように処理していく。

「柊一すごい。手際がいいね」

「そりゃまあ、俺はプロだからな」

「おいもをつぶすプロ？　つぶし屋さん？　解体屋柊一？」

「どこからみても料理人だろ！　そのへんは零から……じゃなくて、パパから聞いてないのか？」

「聞いてない」

杏は真顔で首をふった。「でも柊一のことをやさしい人だっていってた。ほんとうはいちばんの兄貴肌だから、なにかあったときに頼るのはあいつだって」

「……べつに俺、やさしくもなければ兄貴肌でもねえよ」

仏頂面でいいながら、最初から俺になついてきたのはそういうわけか、と柊一はひそかに得心する。それだけではないかもしれないが、零の手引きがあったわけだ。

そして、零にそんなふうに思われていたというのはとても意外だった。意外だし、

面映《おもは》ゆかったが、まあ兄には兄で、まったくべつな観点があったのもしれない。

口と手を流暢《りゅうちょう》に動かしつつ、いま柊一がつくっているのはコロッケだった。杏に食べたいものを訊《き》いたら、間髪をいれずに「コロッケ!」と返されたからだ。

スペイン料理のクロケッタと、日本の標準的なコロッケは別ものである。

とはいえ、コロッケは昔からこの店の定番商品だったから、柊一もレシピは知っていた。家族の分もつくっているのは、杏に「みんなの分も」といわれたため。年齢に似合わず目配りがきくこの子は、いままで地味に苦労してきたのかもしれない。

「でも、あれだな。いろいろ訊いた末に、結局ふりだしに戻った感じだな」

「ん、ごめんなさい」

「杏が謝ることねえよ。わるいのは……だれなのかな」

訊くのが多少ためらわれるも、やはり知っておくべき杏の身の上について先ほど訊いてみた。すると杏は六歳とは思えない、驚くほど明晰《めいせき》な口ぶりでこたえてくれた。

話によれば、もともと杏は、未婚の母親とふたりで暮らしていたらしい。

この家に杏を連れてきた女性がその母親。銀行勤務で、生活に不自由はなかった。

杏は保育園と、自由《じゆう》が丘《おか》のマンションを行き来する生活をしていたらしい。

ところがある日、なぜか急に母親が「遠くにいくことになった」といい出す。

理由は杏にもわからない。もちろん知られないように母親が伏せたのだろう。

マンションを引き払い、当面はお父さんのところで暮らすようにと説いて、母親は杏をここへ連れてくる。杏が把握していることは基本的にそれだけ。

でも、六歳という年齢を考慮すれば当然だし、如才ないほうだろう。複雑な環境に置かれているせいで、むしろあまりに大人びている気もする。

そして母親は、谷村家から去る間際、杏にこう耳打ちしたという。

——なるべく早く戻るから、いい子にして待っていて。

どんな意図の発言かはわからないが、おかげで柊一は少し安堵《あんど》していた。杏の母親には帰ってくる意志があるようだからだ。決して娘を捨てたわけではない。

もしかすると杏の母は、失踪《しっそう》中の零と行動をともにしているのだろうか？　だとすれば戻ってくるときはいっしょなのかもしれない、などと柊一は漠然と考える。

「つか、やっぱり零兄貴がパパ……なんだよな。なんか実感わかねえけど」

我知らずつぶやくと、「えっ？」と杏が不思議そうな顔を向けてきた。

「なにかいった、柊一？」

「べつになにも。それより知ってるか？　ころもがさくさくのコロッケをつくる方法」

「どうしたの急に？　知らないけど」

「じゃ、せっかくだから教えるよ」

柊一はボウルを手にとると、水と小麦粉を入れた。そこに卵を二個割って落とし、小さじ二杯の酢を加えて、くるくるとリズミカルに混ぜる。

「これが揚げものをさくさくにする秘訣《ひけつ》でな。まあ秘訣ってほどでもないんだが」

「どっちなの？」

きまじめに返された柊一は「では、国家の最重要機密で」と応じてつづける。

「話を戻すけど、ころもがさくさくしてるって、どういうことだと思う？」

少し思案して杏はこたえた。「べしゃべしゃしてないこと？」

「そ。コロッケの具の湿り気が、ころもに移ってない状態のことだな。ころものさくさく感はパン粉が出すんだけど、それと具のあいだに膜をつくって遮断すればいい。いまこうしてかきまぜてる水と小麦粉と卵と酢が、その膜になるんだよ」

「へえ……」

とはいったものの、あきらかに杏はわかっていない表情だ。

「ちなみに酢じゃなくて料理酒でもいい。油で揚げるときに水分もろとも飛んじまうから、すっぱくなったりもしねえよ。その水が飛ぶことで、ますますころもがさくさくになるんだ」

杏は相変わらずきょとんとした顔だった。「ふうん……」

少しむずかしかったかな、と柊一はなんとなく天井をみやる。その後、マッシュしたじゃがいもに、オリーブオイルで炒《いた》めた玉ねぎとひき肉を加えていった。

そこに軽く塩胡椒《こしょう》して食べやすい形にぎゅっと握りながら、どうせならということで自分の気持ちを調理に喩《たと》えてみることにした。そのほうが照れずにいえる。

「まあ、あれだな……。食べものをおいしくするのは、突きつめれば組み合わせなんだよ。どんな方法と手順で組み合わせるか、その技術体系が料理なんだ。酢とか小麦粉とか、目立たないものが案外大事だったりする。人と人との関係も同じものだと俺は思ってるよ」

柊一は少し真剣な顔を杏に向けた。「だれが酢で、だれが小麦粉かはわからない。それどころか、自分がどんな食材なのかも曖昧《あいまい》なのが現実だけど……。でも、だからこそ人と人のつながりは大事にしなきゃならない。どんなものでも」

たとえだれであれ、境遇がどうあれ、腫《は》れものあつかいはしたくない。嘘の姿勢ではなく、本気で向き合う自分でありたいという自戒もこめる。

ところが杏は、突然なにをいい出すのかという、ぽかんとした表情だった。

あらら、と柊一は思う。残念ながら比喩《ひゆ》はまったく伝わらなかったらしい。

でもまあそうだよな、と柊一は嘆息した。よく考えれば六歳ではそれが当たり前の反応だろうと思い直し、ほろ苦い顔でコロッケの具の成形を終える。

あとは、例の膜となる液体にくぐらせてから、パン粉をつけて揚げるだけだ。

「杏、ちょっとだけ離れててくれるか？　油が飛ぶかもしれねえ」

「ん、わかった」

コロッケはなるべく高温で、すばやく揚げたい。二百度近いたっぷりの油のなかへ柊一はコロッケの具をすべらせるように入れる。

じゅわあっ……ぱちぱちぱちっ、と気持ちのいい音が響き、湧き出る細かい泡で、油の表面が充満した。

やがて熱が通ってきつね色になったコロッケが、ぷかりと浮かんでくる。

いちどに揚げると油の温度がさがるから、鍋《なべ》に入れるのは数個ずつ。揚がったものからすくいあげ、ステンレスのバットに立てるように置いて、油切りする。

そして次のコロッケ、次のコロッケと、手際よく柊一は揚げていった。

「ほら杏、ひとつ味見してみな」

柊一が揚げたてのコロッケを皿にのせて差し出すと、杏はぱっと目を輝かせた。

「わ！　おいしそう！」

「なにもつけないで、がぶっといっちまってくれ」

「その前に、お箸《はし》がほしい」

「そう来ましたか、お嬢さま」

手づかみで食べてもいいのだが、それを是としないあたりにプライドの高さが垣間《かいま》みえる。柊一が箸を渡すと、杏は危うげながらも器用にコロッケをつまんだ。

「いただきまあす」

おおきく開けた口に、淡い湯気を立てるコロッケを運んで杏はかぶりつく。

さくっ！

歯を立てて、香ばしいころもを破った先にあるのは、ほっくりと熱いじゃがいもの食感。そこにはひき肉の風味がしっとりと染み出しているはず。動物性の旨味《うまみ》と、じゃがいも特有のうっすら甘いほくほく感が、熱のなかで混ざり合っているのだ。

さくさくと歯切れのいい、ころもに包まれているから、それらが際立つ。

順番としては、さくっ、ほこほこ、やわらかな旨味がじんわり。

杏は一生懸命ちいさな口を動かし、やがてこくんと飲みこんで、両目を細めた。

「おいしー！」

しあわせいっぱいという感じの笑顔だった。

柊一は内心ほっとする。年齢相応の無邪気な笑顔をはじめてみた気がして、それをうれしいと感じている自分がいた。

「おいもがほこほこしてるっ。ほんのり甘い！」

杏は興奮気味に二個目のコロッケにかぶりつく。

そんな彼女の頭をぽんとなでながら、「それに、じゃがいもがべたっとしてないだろ？　熱いうちに即行でつぶしたからな」と柊一はつけ加えた。

でんぷんを含むじゃがいもの細胞は、加熱されると細胞同士が離れやすくなる。細胞と細胞をくっつけている、ペクチンという成分がやわらかくなるからだ。

だからなるべく細胞の形を残せるように熱い状態でマッシュすると、べたつかないじゃがいも本来のおいしさが出せる。逆に冷たい状態でのマッシュは細胞の形を壊してしまうため、そこから洩《も》れたでんぷんで粘り気を帯びてしまうことがある。

もちろん、それはどんな料理にしたいか、調理する者の意図にもよるのだが。

さておき、柊一は手早くキャベツを刻むと、きゅうりとトマトをすぱすぱと切り、コロッケとともに皿に盛りつけた。豆腐とワカメとねぎの味噌《みそ》汁をつくり、冷蔵庫にあった漬けものを小鉢にとりおわったころには、ごはんも炊けている。

「少し早いけど晩メシにするか。……つーか、あいつらもいま食うのかな？」

「呼んでくる！」

少し早い夕食の準備ができたと杏が伝えると、谷村家の人々は居間に集まった。

畳敷きの和室で、皆が囲んだ広い座卓の上にならんでいるのは、柊一のつくったコロッケ定食だ。

遠慮があったのか、長年のわだかまりが理由か、最初のうち家族たちは料理になかなか手をつけなかったが、「いただきます！」と杏がおいしそうに食べはじめると、がまんできなくなったらしい。まずは悠司が「じゃ、いただこうかな」と、まんなかにソースを軽く落とし、コロッケにさくっと歯を立てた。

刹那《せつな》、はっと目をみはり、あわただしく口を動かして、ごくんと飲みこむ。

「……うまい！」

そして悠司はうれしそうに破顔した。「兄貴、これすごくうまいよ！」

おう、と軽くうなずく柊一に、悠司は興奮気味につづける。

「じゃがいもが最高にほくほくしてる。きっとこれ、スペイン産のいもなんだよね」

「んなわけあるかっ。冷蔵庫にあったふつうの男爵いもだよ。まあ、炒めるときに少しオリーブオイルを使ったけど、とくべつなことはなにもしてない」

「そうなの？　すごい。だったら料理の腕自体がいいんだ」

感心した顔で悠司はうなずき、ほかの家族たちもいつのまにか食べはじめていた。

さくっ、ほこほこと咀嚼《そしゃく》しながら皆の目もとがゆるんでいく。良樹も珊瑚も一個食べきるまで、あっという間だった。祖母の京までが、こころなしか興奮気味である。

良樹が目をかがやかせて二個目のコロッケをほおばりながらいった。

「すっごくおいしい！　これ、零兄さんのコロッケよりおいしいかもっ」

「そうか？」

「ううん、かもじゃない。絶対おいしいよ！」

良樹の屈託ない賛辞に、プロなんだから当然だと思いつつも顔が少し赤くなった。あわてて柊一は仏頂面をとりつくろう。

「まあ、ほら。俺は十代のときからやってるから。二十五すぎて店を継いだ零兄貴とは年季がちがうからな」

良樹は眉尻《まゆじり》をさげて微笑む。「それでも、やっぱりすごいと思うな」

やがて父の竜也が、柊一に顔を向けずにぼそりといった。

「……腕をあげたな」

「え？」

「いいできだ。たしかに零より上かもしれん」

柊一は顎《あご》を引いて、感慨深い気分を嚙《か》みしめる。一流店を渡り歩いてきたから腕の上達は自覚していたが、親父にも認められるとは――。

自分の歩んできた道は正しかったのだと柊一はあらためて実感した。

おいしい料理で空気がほぐれたせいか、それからは徐々に家族の会話もはずむようになる。おたがいのいままでのこと、今後のこと。話題は豊富にあるはずだが、訥々《とつとつ》とした話しぶりになるのは十一年の隔たりがある以上、仕方ないことだろう。

やがて杏の件に話がおよんだ。柊一が訊《き》き出した事情を伝えると、家族たちは複雑なニュアンスのため息をつく。

気の毒そうに京がいった。「べつに、距離をとるようなつもりはなかったんだ。ただ、なにを訊いてもこたえてくれないからね。無理強いするのも気が引けるだろ」

「それはまあ……な」

「どう接すればいいのかわからなかった。でも、あたしらだって心配はしてたんだ。あんたには、いち早く心を開いてくれたみたいだから、よかったよ」

ふと柊一は杏が茶碗《ちゃわん》をもったまま、じっとこちらを観察していることに気づいた。

一般論として、苦労している子どもほど、早く大人になるという。

その真偽はともかく、杏はまだ六歳だ。もう少しのあいだ、子どもだけに許されたとくべつな時間を味わわせたいと思ってしまうのは、大人のエゴだろうか？

いや、俺自身がえらそうにそういえるほど大人でもない、と柊一はかぶりをふる。

「自分からぶつかっていかないと、子どもだって心を開かないだろ。ここに滞在するあいだは、俺が責任もってこの子の面倒をみる」

「そうかい？　まあ、あたしらもできる限りのことはするけど」

京がそう結んだことで、ひとまず本件については片がついたような空気が流れる。

だが、皮肉屋で知られる四男の珊瑚などは「どうなることだか」と冷めた態度を崩さず、ぎくしゃくした家族の問題の根深さを感じさせた。

5

「ふうっ……。なんだか長い一日だったな」

ハードな仕事は山ほど経験してきたはずだが、今日は妙に疲れた。気疲れしたようだと思い、小ぎれいな部屋のなかを柊一はぐるりとみまわす。

先ほどまで、一階で杏を寝かせていたところだった。

杏はいま、京の寝室の隣の部屋で寝ている。もともとひとりで寝る習慣だったらしいので助かった。布団にくるまり、すやすやと一階奥の和室をひとりじめだ。

寝顔はお地蔵さまのように安らかで、柊一も思わずほんわかした気分になり、その足で兄弟たちの部屋がある二階へとあがってきたのだった。

いま柊一がいるのは長男の零の部屋。どんな状態なのかを確認しておきたかった。

家族たちが行き先の手がかりを探したらしく、部屋はあちこち物色された形跡があるが、それでも全体的には整頓《せいとん》されている。ほぼ無駄なものがなく、置き場が明確だから片づけやすいのだろう。彼の頭のなかも案外こうなのかもしれない。

「兄貴……」

柊一はぽつりとつぶやく。じつのところ、零には少し複雑な思いを抱いていた。

下町の神童と呼ばれ、昔から学業優秀だった零は都内の一流大学を卒業したあと、業界最大手の自動車メーカーに就職した。日本を代表する優良企業だ。配属されたのは営業部。零はもちまえの頭の切れと、たくみな社交の技術で躍進していき、入社して数年で部署のエースとなったらしい。

当時の柊一はひたすら料理に打ちこんでいたから詳細は知らないが、トップ営業マンなんだよ、と弟の良樹からは聞かされていた。

転機が訪れたのは七年前、零が二十六歳のときだ。三ノ輪橋でみけねこ食堂を営む父の竜也が車の事故に遭い、命に別条はなかったものの、足が不自由になった。手は無事だから料理はできる。でも、日がな一日、過酷な立ち仕事をするのはもう無理だ。残念ながらこの店も終わりだと、竜也は肩を落として語ったという。

おりしも当時、近所にチェーン店の定食屋が進出してきて、経営状態も思わしくなかった。怪我のことも相まって、竜也は相当な弱気にかられていたらしい。

そんなとき、零が予想外のことをいい出したのだった。

「会社をやめて俺が店を継ぐよ。親父のことだけが理由じゃない。この町には、まだまだうちの店が必要だろうから」

地域に密着した店だから、ないと困る人が大勢いる。チェーン店ではニーズに応《こた》えられないという論理であり、建前だった。そのために、万人がうらやむ一流企業を辞めて、町の食堂の見習いから再出発するという。

ふつうの人間にできる決断ではなかった。というより、まともではない。その話を聞いたとき、柊一は何年かぶりに零に電話したくらいだ。

「考え直せ、兄貴！　そんなの絶対うまくいきっこない！」

「いや、もう決めたことだから。時間はかかるだろうけど、勝算もある。柊一も仕事がんばれ。いつも応援しているよ」

零の物腰はやわらかかったが、意志は途轍《とてつ》もなく固かった。

いままでずっと、絵に描いたようなエリートだと思ってきた兄の真実の姿を、そのときはじめて柊一は実感をもって理解した気がする。

兄はただ頭が切れるだけの人間ではない。冷徹な知性と熱い人情をあわせもつ、深くて両義的な男。スマートで泥くさく、洗練されているが、頑固でねばり強い。

そして、子どものころに育《はぐく》んだ下町魂をいまも大事に胸に宿している。だからこそ強く心を打たれた。

そして、生まれてから何度も味わってきた、かすかな敗北感もまた味わわされた。

自分は兄に一生かなわないのかもしれない――。そんな寂寥《せきりよう》感に近い思いだ。あまりにも深い衝撃だったから「いや、乗り越える壁は高いほど興味深い」と思えるようになるまで、何ヶ月もかかった。

家族たちもまた、零の決断を最初は柊一と同じように無謀だと思っていたようだ。だが零は料理の勉強をして、店舗経営について学びと、行動することで周囲の見る目を少しずつ変えていった。

生来の飲みこみの早さと、タフな精神力で料理修業をつづけ、まもなく零は店をまかされるようになる。そしていつしか、父の竜也をもうならせる料理人になった。

そして、並行して進めていた地道なコストカットや業務効率化により、ほんのわずかずつではあるが、店の業績も上向かせていく。

楽ではない日々が何年もつづいた。だが最終的にみけねこ食堂はもち直して、逆にチェーン店の定食屋は経営不振で、とうとう三ノ輪橋からの撤退を決めた。

下町の雑草エリートである零が、かつて宣言したとおりの勝利をおさめたのだ。

その夜、父は目を真っ赤にして男泣きしていたと、のちに良樹から聞かされた。

そんな傑出した長男だ。隠し子のことが重荷で、家から逃げるなんてありえない。

がらんとした無人の零の部屋で、柊一は誰にともなくつぶやく。

「マジでどこいっちまったんだ、兄貴……」

六月生まれだけに、五月晴れという言葉が好きだった長男の零。

六月は陰暦の五月なので、ちょうど梅雨の時期にあたる。その梅雨時にのぞく晴れ間だから五月晴れというのだが、まさにその青空のようにさわやかな人だった。

おまけに眉目《びもく》秀麗で文武両道。どこをとっても非の打ちどころがなく、子どものころから女子にも非常に人気があった。

それに関しては、とある出来事の影響で柊一にはちょっとしたコンプレックスがあるのだが、いま思い出すことでもないだろう。

「なんにしても、たいした兄貴だよ」

いたらいたで、いなくなったらいなくなったで、どこまでも俺を悩ませてくれる。自慢の目の上のたんこぶだと柊一は軽く嘆息して、室内をみまわした。

家族がとっくに探したにせよ、念のため自分でも手がかりを物色することにする。ベッドの下にはなにも隠されていなかった。机の引き出しを開けても、とくに変わったものはなさそうにみえる。

ふと文房具にまじって地味な手帳が一冊、入っているのをみつけた。

市販のアドレス帳のようだ。いまどき紙の住所録というのもめずらしいと思いながら柊一はページをめくり、直後にめんくらう。

「なんだこれ？」

アドレス帳には、ほぼ手がつけられていなかった。新品に近い状態のまま、中郷《なかごう》、森本《もりもと》、壺屋《つぼや》、和田《わだ》などの苗字《みようじ》だけがページに手書きで記されている。

ひとつのページにひとつの苗字。記載されている人の数は多いが、不思議なことにどの人物のページにも、住所はおろか電話番号さえ記されていなかった。

柊一は首をかしげる。なんだろう？

用をなさない代物ではあるが、無意味だとも思えない。ほかにノートなどのたぐいは見当たらないから、大事なものなのではないか？

ぱらぱらとアドレス帳をめくっていると、ふと見逃していたものに気づいた。

ページの隅のフリースペースに、ちいさく数字が書かれている。

最初は、住所や電話番号の空欄にだけ目がいっていたから気づかなかったが、確認すると、大半のページにそれがあった。たまに書かれていないページもあったが。

数字はこのようなものだ。

たとえば、中郷のページには、『150、75、125、75』。

森本のページには、『100、150、125、75』。

壺屋のページには、『75、75、50、100』。

柊一は眉間《みけん》にしわを刻み、ページをいったり来たりしながらつぶやく。

「和田、『100、150、125、75』……なんのこっちゃ？」

書かれた数字にはどことなく規則性がある。

どのページをみても、ならんでいるのは小数点以下の値をもたない整数。負の数はないので正数と表現したほうが正確か。5で割り切れる数字が多く、ばらつきもすくなく、そしていずれも四つの数の組み合わせという点が共通する。

何度か書き直したあとも散見されるから、でたらめな数字ではないと思い、意味するところを考えつづけた。やがてふと柊一の頭にひらめくものがある。

「もしかしてＩＰアドレスか？」

ＩＰアドレスとはインターネットを使う際、パソコンやスマートフォンなど、接続した機器を判別するための番号だ。たとえばどこかのサイトにアクセスしたとき、そのサイトの管理者側にはこれが通知されている。

たしかあれも区切られた四つの数字からできていたはず、と柊一が考えていると、ふと背後で物音がした。ふり返ると部屋の入口に長身をちぢこまらせた悠司がいる。

「あ……。やっぱり兄貴か」

悠司はまだ若干のよそよそしさが残る態度でいった。

「いや、部屋に電気がついてたから、だれかと思って。……零兄貴の私物を調べてるの？　俺たちがもう探したけど」

予想どおりのことを悠司がいうので、柊一はアドレス帳をかかげてみせた。

「これもか？」

うん、とうなずき、悠司は眼鏡の奥の目を細めて苦笑した。「名前以外のなにも書かれていないアドレス帳でしょ。つくりかけだったんだろうね」

「そうか？　じゃあ、この数字ってどういう意味だ？」

柊一はアドレス帳のページを開くと、フリースペースに書かれた数字を指さした。

悠司は虚をつかれたというふうに目をしばたたき、ページに顔を近づける。

「ん……。なんだろう。いや、ときどき数字が書いてあるとは思ってたんだけど、意味を考察したりはしなかったな」

「これってIPアドレスか？」

柊一が先ほどまでの考えを話してきかせると、元エンジニアの悠司は即答した。

「ないない」

「やっぱり？」

「IPアドレスなわけないよ。兄貴、ちゃんとぜんぶのページみた？　完全に一致してる数列もあるよね？　なら絶対ちがう。ネットでも現実の世界でも、同じものが複数存在していたらアドレスの意味がないよ」

「あ、そっか」

思いつき程度の仮説だったから淡白な反応になったが、悠司の卓識には感心した。

「根本的なミスだったな。でも、そこに一発で気づくとは、やるじゃねえか」

「ん……。そう？　根本的ついでにもう一点いうと、そもそもIPアドレスって変わるし、変えられるものだよ。それをアドレス帳に書く意味ってある？」

柊一は肩をすくめた。「ま、たしかにふつうは家のアドレスを書いておく」

では、これはなにを意味する数列なのか。どういう意図で書いたのだろう？

ほかの家族はさして気にとめなかったようだが、柊一の見解はやや異なる。

べつに兄の行方と直接関係があるとは思っていない。でも、間接的に予想もしない事実が発覚することはありうるだろう。そこはないがしろにできないと思う。

「なにかの暗号か……？　その人の特徴を暗号化して書いてるとか？　いや、ふつうならありえんけど、あの零兄貴だからな。はかりしれない部分があるというか」

そんなふうに柊一が首をひねっていると、とりなすように悠司がいった。

「まぁ、今日のところはそのへんでさ。夜も遅いし、兄貴も疲れてるでしょ」

そういえば明日の朝は早いことを柊一は思い出す。忙しい一日になるはずだ。

悠司は軽く両手をひろげる。「暗号だとしても、法則なり鍵《かぎ》なり、ヒントがないとこれは解けないよ。時間があるときにでも、俺がもういちど部屋を探しておくから」

「そうか。じゃあ、わるいけど頼むな」

今夜はもう切りあげよう。柊一は零の部屋を出ようとするも、ふと、なつかしいことを思い出し、「なあ」と悠司をふり返っていった。

「そういえばおぼえてるか？　零兄貴って、子どものころ本棚に大事なものを隠す癖があっただろ。本棚の裏とか、本と本の隙間とかさ。ページに挟んでることもよくあった。そのへんもやっぱり探したのか？」

「ほんと？　零兄貴にそんな癖があったの？」

はじめて知った、と悠司はきょとんといい、その後くすりと苦笑する。

「さすがに本のなかまではみてないけど、いい大人になってそんな場所には隠さないと思うよ。いちおう探してはみるけど、時間かかりそうだし、まぁ気長に待ってて」

6

入口の格子戸を開けて、みけねこ食堂のなかに足を踏み入れると、背の高い観葉植物によりそう、まねきねこのおおきな置物が出むかえる。

店内には、つやめく濃い茶色のテーブルが八脚。いずれも四人がけで、木製の古い椅子には、おしりが痛くならないように花柄の座布団が敷かれている。

小上がりの座敷にも卓が四つ。しょうゆとソースが卓上にあり、壁には「イカフライ」「ハムエッグ」などの料理名が書かれた短冊がたくさん。

内装はあたたかみがあり、裏を返せば雑然としてレトロ。この厳しい時代をそんなことで生きのびていけるのかと、客にしばしば心配されるのも無理はない。

店の正面奥が厨房《ちゅうぼう》。

しかし、そこに足を一歩踏み入れれば店内とは趣のちがう、機能的な作業空間だということがよくわかる。これは零の設備投資によるものだ。

床をふくめて、厨房全体がつねに乾いた状態を維持する衛生的なドライキッチン。仕事の基点となる作業台は、壁際ではなく室内中央に配置したアイランド型で、きっと零は厨房内の動線を無駄なく、俊敏にたどる調理スタイルだった。それが彼の能力と、店の規模に合っていたのだろう。

柊一は厨房の端から端まで目をくばると、満足そうにうなずいた。

「ま、だいたいこんなもんだろ」

必要な食材はメニューから逆算して、なじみの業者に配達してもらった。とっくに下ごしらえもすんでいる。

みけねこ食堂の営業時間は、午前十一時から午後二時まで。それから休憩と仕込みの時間をはさんで、夜は五時から八時半までということになっている。

いまの時刻は十時半。すでに準備は万端だから、少し早めに店を開けてもいい。

余裕たっぷりの柊一の隣では、杏が興奮気味に頬を上気させていた。

「今日の柊一、かっこいい！」

「お。そっか？」

「帽子が」

「倒置法かよっ。若いからって、ピュアな大人の男をからかうのは感心できねえな」
「べつにからかったわけじゃないけど、はあい」
なんだかうれしそうに杏は笑い、ふたたび柊一の顔をみる。いま柊一がかぶってい
る帽子がよほどお気に召したようだ。
縦長の白いコック帽。着ているのは耐熱性に優れたコックコート。
いずれも前の職場で使っていたものではあるが、私服で調理するわけにもいかない
し、みけねこ食堂は和食の専門店ではないから、まちがいではない。コロッケも出せ
ばオムライスも出す昔ながらの食堂。この店はもともと町の洋食屋だ。
やがて厨房に「どれどれ」と祖母の京と末っ子の良樹が入ってきた。柊一の姿をみ
た京は一瞬目をまるくして「これはまた勇ましい格好じゃないか」と相好を崩す。
「着るもん、これしかなかったんだよ……」
「いいよ。びしっとしてて、あんたには似合ってる。その様子じゃあ、なにも心配す
ることはなさそうだね？」
「まあ、そうだな。俺はやるからには手を抜かない」
「頼んだよ」
これでやっとあの人に顔向けできる、と京は満足そうにいって厨房から出ていった。
まもなく奥から、ちーんと鈴が鳴る音がしたから、仏壇に報告しにいったらしい。

ふいに横から良樹が訊《き》いた。「兄さん。僕、この格好で問題ない？」

緊張気味に自分の服装を確認している良樹に、「ない。むしろよすぎる。この店にはミスマッチなくらいだ」と柊一はいった。

「それって喜んでいいのかな？」

困ったような笑顔で首をかしげる良樹は、襟のある白いシャツに緑のエプロン姿。大衆食堂というより、スターバックスの店員のようだ。下町の御曹司こと、みた感じ育ちがよさそうな良樹の面目躍如である。

日曜日で高校が休みの良樹は、京にいわれて、今日だけ店を手伝うと申し出てくれたのだった。

もともとは有能なウェイトレスをひとり雇っていたそうだが、零が失踪《しっそう》して以降、ずっと店を閉めていたので、いまは休暇中。料理人だけで店を切りまわすのはもっと小規模な店でないとむずかしいから、良樹の加勢はありがたく受けよう。

しばらくは身内だけで切りまわし、店が軌道に乗ったらその人を呼び戻せばいい。

やがて開店の時間が近づいてきた。そばではまだ杏が興味津々の顔つきで柊一と良樹をみている。子どもが私服で厨房にいるのは衛生上、あまり好ましくない。

「なあ杏、おまえふだんはなにしてるんだ？」

「勉強してる。お庭で」

「勉強……？　なんの？」

「アリさんの社会と集団行動のルールについて」

その返答がツボに入り、柊一はぷっと噴き出したが、杏はいたって平静だった。

「あと、無職のお兄さんのお手伝いもしてるよ。庭のお手入れ。お花に水をやったり、雑草を抜いたり」

「ん、そういえば庭がきれいに整ってたな。あれは悠司と杏のおかげだったのか」

「そうだよ。無職のお兄さんは、わたしのことが苦手みたいだけど」

「ああ、それ昔から。悠司は女子の前だとあがっちまうらしい……って、六歳児でもだめなのかよっ？　どうなってんだよ、あいつ」

「六歳はじゅうぶん大人のレディだよ」

しれっとそんなことをいう杏に「だったかな」と柊一はつい半眼になる。

ともあれ、彼女はいま六歳だから来年から小学一年生。この家には多くの人がいることだし、保育園にいかせる必要はないだろう。

六歳というのは自己申告だから、実際はもう十二歳くらいだという可能性もないわけではないが、いまは杏の言葉を信じておきたい。

「んじゃまあ、今日は天気もいいし、また庭仕事を頼む。昼食にはうまい賄いをつくってやるよ。なんか用があるときは、勝手口から勝手に入ってきな」

「……うわあ」

「そ、そんな目でみるなっ。だじゃれじゃなくて、たまたま言葉が重なっただけ！」

たった一日で杏はずいぶんと打ち解けてくれて、柊一のいくところ、カルガモの雛《ひな》のようについてくる。この調子で弟ともうまくやってほしいものだと思いながら和気藹々《あいあい》と話していると、ふいに厨房にのそりと入ってくる影があった。

室内用のステッキをつき、ぎろりと睨《にら》むような視線を向けてきたのは、父の竜也だ。昔に比べると体がひとまわり縮んだが、それでもじゅうぶん迫力がある。

「なにしてる……」

「みりゃわかるだろ。店を開けるんだ。料理は俺がつくる」

途端、竜也は鼻に皺《しわ》をよせて気色ばんだ。

「なに寝ぼけたことといってんだ。店はこのまま閉めときゃいいんだよ。よけいなことをするんじゃない」

「よけいってなんだよ？」

よかれと思ってしていることを正面から否定されて柊一はむっとした。「ばあちゃんは店を開けたかったんだろ？　なんで親父がそれに反対するんだ」

「俺は……母さんとは考えがちがう。そんなにかんたんなものじゃない」

「いやそれ、具体的にはどういうことなんだ。わかるように説明してくれ」

柊一が詳細を追及すると、竜也は口をへの字にした。俺だってなあ、と苦々しくうめいてから竜也はつづける。

「俺だって、本音をいえば店を開けたい。だが……無理だ。いまがどんな状況なのか、おまえはわかってない。零のこともそうだし、あの店のことも」

「あの店……？」

「いいからやめろ！　どうせおまえは、たかが町の食堂だと侮ってるんだろうが、そういうところが甘いんだ。この店は零が戻ってくるまでは閉めとけっ！」

かつての雷親父の稲妻がいまふたたび炸裂《さくれつ》し、刹那《せつな》、柊一もかっとなった。

「だれも侮っちゃいねえよ。つーか、俺の調理技術は零兄貴より上だ。なのに親父はいつもそうやって的はずれな比較をしやがって」

傷つくというよりも、むかっ腹が立った。

仮に失敗したのであれば、結果を真摯《しんし》に受け止めもしよう。しかし、やってもいないうちから先行するイメージだけで否定されるのは我慢できない。

柊一と竜也は放電しそうな激しさで睨み合い、その迫力に良樹も杏もはらはらして対応に迷っていたが、やがてふいに店の格子戸が開く音がした。

いつのまにか十一時をすぎていたらしく、最初の客が入ってくる。

「やってる？　まだ早い？」

そういって店内をみわたす一番乗りの客は初老の男。色あせた灰色のジャンパーを着て野球帽をかぶった、いかにもな感じの地元民だ。

柊一は「やってます！」と返事をして、お茶をもっていくように良樹にいう。

その後、鋭く一瞥《いちべつ》すると、竜也は気まずげに低いうなり声をあげた。

「……まあ、客が来ちまった以上はしょうがねえ」

そういって、しぶしぶ厨房《ちゅうぼう》から出ていく竜也の厚い背中をみながら、みていろ、と柊一は思う。ぐだぐだ口でいうのは性に合わない。己の正しさは結果で証明する。


みけねこ食堂には多くのメニューがあるが、客が頼むものはわりと定番が多い。

やはりわかりやすいからだろう。よく出るのは焼き魚定食、しょうが焼き定食、コロッケ定食など。あとはなんといっても日替わり定食の人気が高い。

もちろん、それはまだ柊一が実家にいたころ、竜也から聞いた話ではあるのだが、傾向的にはいまも大差ないようだ。

最初の客である野球帽の男が注文したのは、焼き魚定食。ご所望はサバだった。

スペイン料理人時代につちかったコネクションを使い、今日は新鮮な魚を築地《つきじ》の仲卸業者のもとから届けてもらっている。柊一としては腕の見せどころだ。

事前に荒く塩を振りかけ、青魚のくさみを抜いておいたサバを、温度のむらが減少するように、いわゆる強火の遠火で焼く。

どこまで火を通すのがもっともおいしいか。その見極めには自信があった。

やがてサバが焼きあがり、盛りつけた定食のトレイを良樹がテーブルへ運んでいくと、野球帽の男は舌なめずりしそうな顔をした。

「こりゃおいしそうだ！」

脂が濃厚にのった、こんがりと焼きたてのサバ。横に添えられた新鮮な大根おろしとレモン。その皿のまわりには白いごはんと湯気を立てる味噌《みそ》汁があり、白菜の漬けもの、刻みねぎをふった冷や奴などが、魅力たっぷりにそろい踏みしていた。

野球帽の男はサバの切り身にレモンをしぼり、少量のしょうゆを落とすと、皮に箸《はし》をさくっと差しこんで切れ目を入れた。ひとくち分の身をひょいと口へ運ぶと、ほわぁっとしあわせそうに顔がほころんでいく。

「うまいっ！」

厨房から様子をうかがっていた柊一は、よしっと拳《こぶし》を握った。

「いつもと同じサバなのに、前よりもおいしいよ！　なぜなんだろうねぇ？」

尋ねられた良樹が「じつは料理人が替わったんです」と説明すると、客は得心したようだ。柊一が有名な料理人であることを教わると、話はますます盛りあがる。

「いやぁ、まさか下町にそんな有名シェフが来てくれるなんて」

良樹は笑顔で首をかしげた。「お得でしょう？　それでもお値段は据え置きです」

野球帽の客は、その後もサバの焼き加減を絶賛して、厨房の柊一を悦に入らせた。

快挙はそれだけにとどまらなかった。その夜のみけねこ食堂はまさに大盛況。

どうやら野球帽の客が、地元の人々に柊一の話を大げさにふれまわったらしく、どっと客が押しかけたのである。

最近ずっと休業していたみけねこ食堂の復活を、皆が心待ちにしていたという理由もあるのだろうが、それを加味しても大変なにぎわいだった。

喧噪《けんそう》の店内で、下町の住人たちは思い思いに、柊一の料理を食べては舌鼓を打つ。

「このまぐろフライ、うまいなぁ。表面は香ばしいけど中身はジューシーで、半生のまぐろの肉から、じゅわりと旨味《うまみ》がにじみ出てくる！」

「こっちの串《くし》カツも火の入れ具合が絶妙だよ。さすがは有名シェフだ！」

「なんか、ＴＶに出たこともあるんだってよ。あ、お兄ちゃん、ビール追加ね！」

「はーい、と良樹が上機嫌の悲鳴をあげながら店内をあわただしく行き来する。

皮肉屋の珊瑚も陰からその光景をのぞいて「……やるね」と感心していたほどだ。

ふだんは出ないような料理もどんどん出た。厨房の柊一はてんてこまいの忙しさだったが、おかげで初日から売上は相当なものになる。

夜も更け、やっと店じまいしたあと、柊一は店内の椅子に腰かけて快い達成感に浸った。どうだ、俺はひとりで結果を出したぞ、と思いながら満足の微笑を浮かべた。

7

谷村家の朝食はいつも零が全員分を用意してくれていたそうだが、彼がいない現在は交替制で、その日は柊一が当番だった。

たまにはパンが食べたかったので、今日はクロワッサンとトースト。

その他、かりかりに焼いたベーコンと薄くスライスしたチーズ、スクランブルエッグに濃厚なトマトソースをかけたもの、飲み物はフレッシュオレンジジュースか熱いコーヒーをお好みで。ヨーグルトとバナナもある。

軽くておいしい朝食のはずだが、いま、畳敷きの居間の長い座卓を囲んで食事をする柊一たちのあいだには会話がなかった。

「ん……」

なにを意味する「ん」なのか、だれが口にしたのかすら不明瞭《ふめいりょう》だ。

祖母の京も、父の竜也もなにもいわずにトーストを食べ、それは悠司と珊瑚と良樹も同様。杏は皆をちらちらと気づかうようにクロワッサンを食べている。

不穏な雰囲気なのは、いいたいことがあるのを皆がのみこんでいるから。

いったんそれを口に出せば、些細《ささい》な言葉の応酬ではすまない。むしろ激論必至。だから少し様子をみるか、あるいは鬱積《うっせき》した感情が分水嶺《ぶんすいれい》を越えるのを待っている。

親父の考えはそんなところで、ばあちゃんはそれを止める心積もりをしているってところか——と柊一はクロワッサンを黙々とぱくつきながら考えた。

だが気持ちはわかる。親父はきっとこういいたいのだろう。

「ほら、みたことか。俺のいったとおりだったろう」と。

柊一はパンを皿に置くと、ため息をつく。どうしてもわからないことがあった。

みけねこ食堂の営業を再開してから一週間がすぎていた。

初日はまさに大盛況で、家族たちも柊一を褒めそやしたが、客足はしだいに鈍っていき、いまでは日がな一日、店には閑古鳥が鳴いている。

なぜなのか？　柊一も正直わけがわからない。

でも、いまの状態があと何日かつづけば、堪忍袋の緒が切れた竜也とやり合うはめになるだろう。そのとき、結果を出せていない自分がやりこめられるのは確実だ。

「……ごちそうさん」

ふいに竜也が低い声でいい、よっこらせ、と立ちあがった。室内用のステッキをついて、どすどすと奥の部屋へ戻っていく父を横目に、柊一は内心ほっと息をつく。

今日のところは運よく爆発しなかったが、早めになんとかしなければならない。

「ねえ、柊一。どうしてお客さん、来なくなっちゃったの？」

勝手口から入ってきた杏が、厨房の作業台に手をついて悄然《しょうぜん》とうなだれていた柊一にそう訊《き》いた。すばやく背筋をのばすと、平然とした顔で柊一はこたえる。

「さあな。俺もそれを知りたいんだけど、現状わけがわからん」

杏が心配そうにいった。「教えてもらったりはできないの？」

「だれに？」

「お客さん」

「すげえ発想だな……。待てよ？　ありっちゃありなのか？」

六歳だから知識こそ大人に及ばないものの、それゆえに本質をついたことを杏はたびたび口にする。客が離れた理由を客に訊くというのは案外いい発想かもしれない。

ちなみにいま客は――と背筋をのばして、柊一は店のほうをちらりとみた。だが相変わらず客はおらず、来る気配すらないから、ため息が出る。

今日は平日だ。良樹が高校にいっているから、次男の悠司が手伝いに入っていた。

とはいえ、暇なのだろう。悠司は客のテーブルで頬杖《ほおづえ》をつき、ＩＴ分野の技術書を読みふけっている。客を呼べていない柊一としては文句もいえない。

しかし、ほんとうにわけがわからなかった。

初日にあれだけ客が入ったのは、野球帽をかぶったあの初老の客が、店の再開と新しい料理人の腕を、地元の人々にふれまわってくれたからだろう。

「さすがは有名な料理人。料理が前よりずっとおいしくなった！」

そう太鼓判を押してもらった。そして、来てくれた客の評判が評判を呼び、いまごろは途方もなく客足が増えていてもおかしくはなかったはず。それなのに——。

来てくれた大勢の客たちは、なにを感じ、どんな感想をもったのだろうか？

それがなんだか妙に気になりはじめたとき、ふいに店の扉が開く音がした。

「どうも、こんにちは」

あっと柊一は思った。店内に入ってきたのは、壺屋という眉毛《まゆげ》まで白い好々爺《こうこうや》。昔から顔なじみの近所のご隠居さんだった。

壺屋とはいってもあくまでも苗字《みょうじ》であり、壺を売っているわけではない。もともとは惣菜屋《そうざいや》だ。商店街のその店を息子にゆずって以来、気ままにすごしている彼には、昔よく親切にしてもらった。なつかしさに、柊一は思わず厨房《ちゅうぼう》から出ていっていた。

「おひさしぶりです！」

「おおきくなったね、柊一くん。店をまた開けたって聞いたから、来てみたよ」

俺の身長は高校時代からこれくらいあったけどな、と思いながら、たわいもない世間話をしばらくした。それから柊一は自ら注文を訊く。

壺屋のご隠居は常連中の常連だったから、なにを頼むかはわかっているつもりだ。

「コロッケ定食もらえる？　あれ好きなんだ」

予想どおりだった。「はいっ」

柊一は厨房に戻ると、下ごしらえしてあったコロッケの具をいつもの手順でころもさくさくに揚げた。ごはんと味噌汁《みそ》をよそい、トレイにのせてもっていく。

「お、早いね。アツアツだ」

「どうぞ召しあがってください」

そういってうしろにさがり、柊一は少し離れた場所で様子を見守る。先ほど杏にいわれたとおり、食べた感想をじかに訊いてみるつもりだった。

「じゃ、いただくよ」

壺屋のご隠居はコロッケにしょうゆもソースもかけなかった。そのまま口に運ぶと、さくっと歯を立てて、おいしそうに咀嚼《そしゃく》しながらうなずく。

「うん、うん」

しばらく噛《か》んでから飲みこむと、いい味だ、と相好を崩した。反応はわるくない。

ところが柊一が安心したのも束の間、目を疑うようなことが起きる。

ご隠居はコロッケ定食を最後まで食べずに、途中で箸《はし》を置いたのだった。

柊一は思わず声を洩《も》らしてしまう。

「なんで……。昔はあんなにうちのコロッケが好きだったのに」

「そうだね。決してわるい味じゃないよ」

ご隠居はいくぶん視線を落とした。「だけど――」

だけどってなんだ、と柊一は思う。ミスなどしていない自信があった。

これでも店に配慮した味づくりをしている。家庭料理が強みの大衆食堂で、スペイン料理の技巧をひけらかすほど浅はかではない。

父の竜也が厨房に立っていたころの味を柊一はおぼえていた。当時の味に近いものを、同じ材料でつくれば、客の嗜《し》好《こう》に合わないことはないはずだ。

いままでの路線にのっとった上で、なおかつ食材の鮮度や質がよく、調理の腕もよいとなれば、完全に上位互換のおいしさといえるだろう。そのコンセプトが初日の盛況ぶりにつながったのだと柊一は認識している。

それなのに客はみるみる減っていき、不安と焦燥感が日ごとに膨張して、ひそかに柊一のプライドをむしばんでいた。それが客に面と向かって質問をぶつけさせた。

「俺の料理のなにがいけないんですかっ？」

ご隠居はしばらく口をつぐんでいたが、やがてしんみりした口調でこぼす。

「柊一くんの活躍は知ってるよ。雑誌に載ったりＴＶに出たり、大したもんだ。この店でおさまるような料理人じゃないんじゃないか？」

柊一は、くちびるの端を強く噛まずにいられなかった。

ご隠居の言葉は表面的にはおだやかだし、形の上では賞賛だ。でも、実際にはこういっているように聞こえる。――おまえにこの店を切り盛りするのは無理。

「零兄貴にはできて、俺にはできないっていうんですか？」

「べつに、そんなことはいってないけど」

「……くっ！」

踵《きびす》を返して、柊一は足早に厨房へと引き返す。そうしなければ、胸に渦巻く行き場のない感情が爆発してしまいそうだった。

8

「馬脚をあらわすってのは、こういうことをいうんだろうねぇ」

その日の夜、うつむきがちに廊下を歩いていた柊一は、すれちがいざまにそんな言葉をかけられて眉《まゆ》をよせた。ふり向いた視線の先で優美に微笑んでいるのは珊瑚だ。

聞き捨てならない発言をした相手を柊一はぎろりと睨《にら》む。「いまなんだって？」

「ただのひとりごと。べつに兄貴にいったわけじゃないよ」

「……そうかい」

舌打ちして柊一はその場を立ち去ろうとしたが、珊瑚はしれっとつづける。

「あ、そういえばこんな言葉もあった。――化けの皮がはがれる」

さすがに足を止めずにはいられず、柊一は気色ばんで珊瑚を睨みつけた。

「なにがいいたい？」

「俺はただ、ことわざを口にしただけでしょ。なに？　どんな解釈したわけ？」

柊一は眉間《みけん》に深い縦皺《じわ》を刻み、「ったく、めんどくさいやつだな」とつぶやく。

「わざとらしいんだよ。いいたいことがあるならはっきりいえ。まあ、おまえの考えることくらい、いう前からわかるけど」

その日の気分は正直、どん底だった。顔なじみの壺屋のご隠居にまで遠まわしに否定されて、謎と不可解はつのるばかり。そしてそれ以上に、鳴り物入りで帰ってきた自分が、なんの成果もあげられていない現状がくやしかった。

昼の休憩時間など、気をつかってなぐさめの言葉をかけてくれた京を、わるいと思いながらも無視してしまい、おかげでさらに自己嫌悪がつのる。

そして家族間は、さらに歩みよりにくい状態へとおちいり、谷村家に流れる空気はいま、ぎすぎすの極みだ。皆の絆《きずな》はばらばらで、柊一のメンツもぼろぼろだった。

「俺のいいたいことがわかるって？　ほんとに？」

珊瑚は人を食ったように前髪をかきあげると、「俺がほんとにいいたいのはこういうこと」と肩をすくめて、八重歯がきらりと光るいい笑顔でつづけた。

「三べんまわってワンといえば手を貸してやってもいい」

「ふざけてろ」

言下に切って捨てると、珊瑚は無言で小鼻をふくらませた。

「いや、やっぱりふざけるな。おまえは存在自体がふざけてるから」と柊一がつけ加えると、珊瑚の形のいい眉だけがひくひくと動く。

かくして、ふたりがおたがいの顔を剣呑《けんのん》に近づけ、一触即発の張りつめた空気がそのあいだをよぎったとき、ふいに背後から場違いに澄んだ声がした。

「犬、わたしは好きだな」

顔を向けると、トイレにでも起きてきたのか、パジャマ姿の杏が聡明《そうめい》そうな瞳《ひとみ》をこちらに向けて「うー、わんわんっ」というところだった。

「柊一はどんな犬が好きなの？　シーズー？　ポメラニアン？　それともパグ？」

いつもより早口でまくし立てる杏は、とり乱してこそいなかったが、あきらかにこちらを気づかっていた。どこか手慣れた仲裁にも思えて、柊一の胸はちくりと痛む。

親の不仲は子どもに多大な影響を与えるらしい。ひとり預けられた先でこんな険悪な人間関係にとり囲まれている杏の胸中はいま、どのようなものだろうか。兄弟喧嘩《げんか》をしている場合ではない。

柊一は静かに深呼吸した。「……パグだな。顔に哀愁がただよってるし」

「哀愁なの、あれ？」

「ああ。かわいくないところが、むちゃくちゃかわいい」

杏のもとへと近づいていく柊一の背後で、珊瑚がちいさく舌打ちをした。

やがて夜も更けた。杏を寝かしつけた柊一が、自分の部屋に戻ろうと廊下を歩いていたとき、ふと一階の店のほうから、あかりが洩れているのがみえる。

なんだろう。とっくに店じまいはしたはずだが。気のせいか話し声も聞こえる。

足音を殺して近づいていき、こっそり様子をうかがった柊一は、えっと思った。

閉店後の食堂のテーブルで、父の竜也と初老の男が向かい合い、静かにビールを飲み交わしていた。

テーブルの隅には、どこかでみた野球帽が置かれている。初老の男は店の再開後、最初に来てくれたあの客だった。親父の知り合いだったのか、と柊一は思う。

空になった相手のコップに瓶からビールを注ぎながら、竜也がいった。

「ほら中郷、もっと飲め」

「わるいね」

中郷とよばれた初老の男はコップを口もとに運び、表面の泡をちびちびと舐《な》める。

しばらくふたりは口数すくなくビールを飲んでいた。

「しかし零くん、どこいっちゃったんだろうなぁ」

しみじみという中郷に、コップのビールをぐいっと飲みほして、竜也がこたえる。

「なんか事情があるんだろ。零のことだから心配いらねえ。いま心配なのは……」

中郷は申しわけなさそうに眉尻《まゆじり》をさげた。「店のことね」

「ほかになにがあるんだ」竜也がじろりと中郷を睨んだ。

「ごめんよ、悪気はなかったんだ。店の再興に一役買いたくてさ。だけど、おかげで期待させすぎて、地元のみんなをがっかりさせちゃうなんて……」

「いいさ。いまさらいってもしょうがねえ。料理人の仕事ぶり次第では、うまくいく可能性もあったんだから」

廊下で聞き耳を立てながら、柊一は心身がすうっと冷えていくのを感じていた。

自分の料理のなにがいけなかったのだろう。わからないが、とにかく皆を落胆させてしまったことは事実らしい。ショックだった。くやしいを通り越し、なんだか悲しくなってしまって、暗い廊下に単身立ち尽くす。

気づけば竜也と中郷のやりとりは、ほかの話題へと移り変わっていた。

「もとはといえば、静さんだよなぁ。ほんとうに、よくできた人だった」

ほろ苦い顔でいう中郷に「ああ……」と竜也もしんみりと瞼《まぶた》を閉じてうなずいた。

「俺なんかにはもったいないやつだった。静がいたから、俺はひたすら料理に打ちこむことができてたんだ」

「俺たちの味の好みを、ぜんぶおぼえてくれてたよね。すごかったなぁ」

「客だからってわけじゃねえさ。静は人間そのものが好きなやつだったからな」

竜也と中郷のやりとりを聞きながら、柊一は震撼《しんかん》していた。音のない落雷に体を貫かれた気分だった。ようやくすべてがつながった。

そういうことだったのか——。父と零にあって自分にはないもの。

母は常連客の味の好みをぜんぶおぼえていた。そして父はそれに沿った調整を加えて、料理を出していたのだろう。

さらに零は両親の考えかたを受け継ぎ、具体的な数字にまで突きつめていた。

零のアドレス帳に書かれていたあの数字は、ネットのIPアドレスなどではない。

客が好む味をあらわしたもの。味覚のバランスだ——。

味覚には、甘味、酸味、塩味、苦味、うま味の五つがある。

かつては甘味、酸味、塩味、苦味の四つが基本味とされていたが、一九〇八年に東《とう》京帝国大学《きょうていこくだいがく》の池田菊苗《いけだきくなえ》教授が、昆布の煮汁から「うま味」を発見し、これを加えて五味とした。ちなみに辛味は痛覚だから、味覚には入らない。

うま味は、まろやかさや深いコク。言葉で表現するのはむずかしいが、だし昆布から発見された逸話からもわかるとおり、極論すれば食材から出る「だし」の味だ。

たとえば、昆布やトマトなどからはグルタミン酸が。かつお節や肉からはイノシン酸が。干し椎茸《しいたけ》からはグアニル酸といったうま味成分が抽出できる。それらをかけ合わせると相乗効果で、うま味成分はもっと強くなる。

だが、逆にいうと調理法におおきくかかわってくるから、砂糖や塩などの量で調整できるほかの四味とちがい、細かくコントロールするのがむずかしい。

ある意味、料理の根幹的な部分ともいえるから、うま味は個人ごとに変えないのが店の方針だったのだろう。思い返せば、グルタミン酸ナトリウムを主成分とする調味料の使用を父の竜也は好んでいなかった。

ゆえに、零は甘味、酸味、塩味、苦味の四味にしぼって常連客の好みに応じたにちがいない。数字はパーセンテージで、100がもともとの基準値だ。

たとえば中郷のページに書かれていた『150、75、125、75』という数字は、店のふつうの味と比較した際、150パーセントの甘味、75パーセントの酸味、125パーセントの塩味、75パーセントの苦味という味のバランスが好みだということ。甘党で、すっぱいものと苦いものが苦手、ややしょっぱいもの好きというところか。

数字としてはシンプルでも、料理の味への反映は容易ではない。たぶん個別に対応できる、ぎりぎりの落としどころではないか。そこまで巧緻《こうち》にやったからこそ、零は店を立て直せた。

零兄貴も、母さんもわかっていたんだ、と柊一は拳《こぶし》を握りしめる。

有名店でもなんでもない下町の食堂に来てくれるのは、どんな人たちなのか。情をもって通ってくれる常連客に、まごころを伝えるにはどうすればいいのか。

この店は地元の人たちが集まる、下町の憩いの場。もてなすということの真の意味を俺はつきつめて考えていなかった――。

いまさらながらに、亡き母の偉大さが染みこむように柊一の胸にひろがる。

客の好みをおぼえていたこともそうだし、さりげなくも見事に家をまとめていたこともそう。家族につらい思いをさせたくないと、あたたかく守っていきたいと、常に考えて行動していた。目立って前に出ることはなかったが、尊敬できる母親だった。

そんな母が天国からいまの谷村家をみたら、どう思うだろうか。

薄闇のなか、柊一はくちびるを強く嚙《か》みしめて、決然と顔をあげた。

9

「なあ。全員、ちょっとそのままで聞いてくれるか」

柊一がそう切り出したのは、翌日の朝食の席でのこと。例によってぎこちない沈黙が満ちる食卓で柊一が咳払《せきばら》いすると、家族たちはそっと食事の手を止めた。

柊一は深呼吸する。

昨夜の件を経て、自分なりに考えるところがあった。腹をくくって言葉をつぐ。

「俺には、その……いろいろと、いたらないところがあったと思う。ずっと家から離れてたのに突然帰ってきて、ひとりでなんとかするとかいって」

自分の口にする言葉で胸が苦しくなったが、ぐっとこらえて柊一は話をつづけた。

「それなのに、これっぽっちも……俺は結果を出せなかった。家の雰囲気までわるくしてしまった。ほんとうに、申しわけなかった」

食卓では、京も竜也も、悠司も珊瑚も良樹も杏も、目を見開いて硬直している。肌に刺さるような沈黙のなか、柊一は言葉をしぼりだした。

「でも……このままでいいわけねえよ。店のことも家のことも。母さんだってそういうはずだ」

その言葉が出た瞬間、はっと家族たちは息をのんだ。

「十年以上も離れて暮らしてたやつが、いまさらなにいってんだって思うかもしれねえ。だけど、なんとかしたいんだ。家族で協力して、また店を盛りあげていこう！」

最後までいい切った柊一は、緊迫の状況下、おそるおそる家族たちの顔をみた。

驚き、とまどい、混乱、無理解。谷村家の人々はいま、それらの感情が入り混じるこわばった表情を一様に浮かべている。

伝わらなかったのか。柊一は目を伏せた。

くやしいが、俺では母さんや兄貴の代わりはできないんだ——。

そのとき、ふいに混迷を切り裂くような澄んだ声が響いた。

「人と人のつながりは大事なんだよ」

えっと顔を向けると、杏が目をかがやかせて言葉をつむいでいた。

「人と人との関係は料理と同じ。だれが酢で、だれが小麦粉かはわからないけど、組み合わせればおいしくなる。だから……協力しなくちゃ！」

杏は顔を赤くして、力いっぱいつづける。

「つながりは大事にしなきゃいけないって、柊一はいってた。わたしはその考えかたがおもしろくて、びっくりして、感心したの！」

伝わっていたのか。

柊一は驚愕《きょうがく》に打たれ、次の瞬間、なぜか涙腺《るいせん》が熱くなった。

きっとわかっていないのだろうとあのときは思っていた。でもちがった。

彼女は理解し、咄嗟《とっさ》には反応できないほど真剣に驚いてくれていた。ほんとうの意味で自分の考えをわかってくれていたのだ。

そして杏はおぼえていたその言葉を、土壇場で、柊一の真の気持ちとして代弁してくれた。その聡明《そうめい》さとひたむきな態度に、胸が強くしめつけられる思いだった。

ひと息にいいおえた杏は、かすかに息を切らして動向を注視している。やがてその場に充満していた緊迫感をほどくように「つながり……か」と竜也が低くこぼした。

「たしかに静もよくいっていたもんだ。みんなで支え合えって」

「そうだとも」

祖母の京が凛々《りり》しくうなずく。「こういうとき、一丸となってこその家族だろ」

すると悠司が「俺はいちおう、最初からそう思ってたけど」と小声でいい、「僕もだよ」と良樹もさわやかな笑顔でそれに追従した。

珊瑚もめずらしく空気を読んだのか、「ま、正論ではあるか」と首肯する。

柊一は、心地よい毛布にでもくるまれたようなあたたかさを感じていた。

なんだろう。帰ってきてはじめて家族たちに受け入れてもらった気分だ。自分でも不思議に感じるが、それがこんなにも喜ばしいものだったとは。

とまどいがちに隣へと顔を向けると、杏のぱっちりした目と柊一の目が合った。彼女は少しだけ首をかしげて、いかにもこういいたげに、にっこりと笑った。

よかったね、柊一――。

10

「何度もすまないね、柊一くん」

来店した壺屋のご隠居はテーブルにつくと、白い眉毛《まゆげ》をなでながらいった。

「こちらこそ、わざわざ来ていただいてすみません」

頭を下げる柊一に、杏も口をそろえる。「すみませんっ」

朝の一件のあと、開店前に柊一はもういちど店に来てくれるようにと、壺屋のご隠居のもとへ頼みにいった。けじめとして、避けてとおれないと思ったからだ。

零のアドレス帳の壺屋のご隠居のページには『75、75、50、100』と書かれていた。つまり好みの味覚バランスは、店の通常の味と比較して、甘味が75パーセント、酸味が75パーセント、塩味が50パーセント、苦味はそのまま。

全体的にやや薄味が好みで、しょっぱいものが苦手らしい。

思えばご隠居は、しょうゆもソースもかけずにコロッケを食べていた。年を重ねて濃い味が苦手になったのか、あるいは健康上の理由で塩分を控えているのだろう。

柊一は厨房《ちゅうぼう》に戻ると、調理にとりかかった。

作業台には通常のコロッケの具のほか、限りなく薄味でまとめたコロッケの具も用意してある。薄い味を濃くするのは容易でも、濃い味を薄くするのは困難だから、最初から分けておくことにした。

薄味のコロッケの具にわずかにこしょうを足して、いつもの手順で揚げる。それから柊一が自らテーブルへと運んでいった。

「さあどうぞ。食べてください」

「おお、こりゃおいしそうだ」

ご隠居はうれしそうにいい、それからふと真顔になっていった。

「……勘違いしないでほしいんだけど、本来、店の料理人が客の好みをおぼえる必要なんてない。そんなことが義務づけられたら、飲食店は立ちゆかなくなる。あくまでもこれは常連客のために、この店がとくべつにしてくれていたことなんだけど」

ほろ苦い微笑みを浮かべてご隠居はつづける。

「でも、それがうれしくてね……。常連だからこそ厚意に甘えてしまった。柊一くんが有名シェフだという話があったから、よけいに期待して、勝手に失望を深めてしまったんだ。料理の腕自体はすごくよかった。それはたしかだよ」

「ありがとうございます」

修一は微笑んだ。そもそも自分の腕がわるいとは最初から思っていなかった。でも、ときに腕よりも人の気持ちを動かすのは、もてなしの心づかいだということもある。それを骨身にしみて理解することができたから、いまは素直に喜びたい。

「さあ、冷めちまう前にどうぞ食べてください」

「そうだね。いただこう」

ご隠居は、箸《はし》でコロッケをちいさく崩して口に運んだ。

さくっ。歯がころもを破る香ばしい音がして、その後、ほむほむと頬を動かすたびに目もとがやさしくほころんでいく。

きっといま、彼の口のなかでは、すりつぶされたほんのり甘いじゃがいもの味が、まろやかにひろがっているのだろう。

それは香ばしいアツアツのころもとまじり合って、より心地よい歯ざわりになる。

さらにひとくちほおばれば、じゃがいもの比率が口のなかで増え、ほっくりとほぐれ崩れるような豊かな感触へと傾斜していく。

コロッケのほこほこ感は、下町のしあわせの味だ。

「うん……。これだ」

ご隠居は満足そうに破顔して、あのころとおんなじ味、とつぶやく。

「このほっくりしたやさしい味……ほっぺたが落ちそうだ。静さんが生きていたときのことを思い出すよ」

ふいに柊一の胸の奥から浮かびあがってくる情景があった。

あれはいつのことだったろう。ずっと昔、まだ自分が中学生だったころ。

その日は店も休みで、ひさしぶりに兄弟全員が家にいた。

良樹が生まれてまもないときだったから、面倒見のいい零が赤ん坊をだっこして、柊一と悠司がいたずらざかりの珊瑚と遊んであげていた。そうやって夕食ができるのを楽しみに待っていたのだった。

そう、午後の遅い時間帯の日差しが、庭で遊ぶ皆の顔をあかあかと照らしていたのを、昨日のことのように鮮明に思い出せる。

「みんな、ごはんができたよー」

やがて五人の兄弟を呼びにきた母親の静に、ぱっと顔を向けて柊一は訊《き》いた。

「今日のごはん、なにっ？」

「コロッケ」

母のつくるコロッケは店で出るものよりおいしい。柊一と弟たちは「わーい！」と喜びの声をあげ、ばたばたと食卓へ走り出す。そんな弟たちを微笑みまじりに眺めて良樹をだっこした零が追いかける。

そんなことが、そんな日が、たしかにかつて存在したのだ。

なつかしいな──。

すでに失われてしまったしあわせな遠い日々。もう二度とそれは戻らないけれど、思い出すと、いまも心をやさしくあたためてくれる。

「柊一君が帰ってきてくれて、天国の静さんも喜んでるよ……」

遠い記憶に思いを馳《は》せるようにご隠居は目を細めた。

そうだとしたらうれしいし、そうであってほしい──。

胸にこみあげてくるものがあり、柊一はくちびるを引き結んで拳《こぶし》を固める。

やがてその拳の甲に、やわらかな感触がふれてきた。みれば、杏がいつのまにか、もみじのようにちいさな手を添えてくれていた。

杏は両目をにこっと細めて、「わたしも喜んでるよ」といって微笑んだ。

香りとコクが深いカレー

1

「それでは今日から、また働かせていただきます。よろしくお願いします」

ひさしぶりの再会にぼう然とする柊一の前で、逢沢詩香《あいざわしいか》は動じる様子もなく、いたって平静に会釈した。

開店時間の少し前、客のいない、がらんとしたみけねこ食堂の店内である。

例のコロッケ騒動からしばらくたったが、零からの連絡も、警察からの報告もいまだにない。成人で、事件性もない失踪《しっそう》は、データベースに登録するだけで、本格的な捜索はされないことが多いらしい。

ともあれ、ひとまず正式に店を開けることにはなったから、いままで休んでいたアルバイトを呼び戻すことにしたのだった。

それが幼なじみの逢沢詩香だと知ったとき、柊一の心臓はどくんと脈打ったが、会ってみると向こうは、昔とは比較にならないほど、そっけない。

イメージもいくぶん変わっていた。

いま、柊一の視線の先にいる詩香は、ぱきっとしたフレームの眼鏡をかけて、髪を顔まわりにごく少量しっとりと垂らしている。着ているのは店のエプロンとカジュアルなデニム。いかにも近所から来ましたという地味な雰囲気で、まぶしいほど溌剌《はつらつ》としていた昔とはずいぶんちがう。

「その……なんだ。十年以上も会ってなかったけど」

柊一は静かに息を吸って切り出した。「ひさしぶり。元気だったか？」

「そうですね、それなりには」

詩香は眼鏡のフレームに指をあてがい、くいっと直す。「柊一さんもお元気そうでなによりです」

敬語だ、と柊一は思った。しかも他人行儀に「さん」づけで呼ばれた。なんだか胸に苦いものがひろがり、遠い過去へと柊一は思いを馳せる。

谷村家の兄弟と詩香がいつから仲よくしていたのか、正確にはわからない。柊一が物心ついたときには、すでに彼女はそばにいた。

詩香は、柊一の一歳年上。父親は会社員で、母親は保育士という共働き家庭だ。帰宅しても無人だから、小学校から帰ると、きまって近所の谷村家に遊びに来ていた。

「ねえ、天気もいいし、今日は神社で遊ばない？」

ランドセルを自宅に置いて駆けつけてきた詩香が誘うと、柊一がちいさな拳を元気に天へ突きあげる。

「いこーっ」

「そうするか。きっとまだ桃の花が咲いてるよ」この場で最年長の零がうなずく。

十二歳の零と、九歳の詩香と、八歳の柊一。このとき悠司はまだ四歳だったので、小学生の兄たちには同行せず、零と詩香と柊一という顔ぶれで遊ぶことが多かった。

三ノ輪橋の駅があるのは荒川区の南千住《みなみせんじゅ》。そこから十分ほど歩けば着く素盞雄《すさのお》神社は、三人の格好の遊び場だったのである。

ひろびろとしてあかるく、緑も豊か。どこか下町のほのぼの感がただよう神社だ。

土地を鎮めて守る神を文字どおり鎮守というが、素盞雄神社は荒川区内でもっとも広い地域の鎮守で、祀《まつ》られているのは有名な素盞雄大神《すさのおのおおかみ》と飛鳥大神《あすかのおおかみ》。その二柱の神が境内の瑞光石《ずいこう》という岩に降臨したのが、この神社のおこりだとされている。

でも、そんなこととは関係なく、三人はしばしば松尾芭蕉《まつおばしょう》ごっこをして遊んだ。

千住は、松尾芭蕉の「奥《おく》の細道《ほそみち》」旅立ちの地だ。そして素盞雄神社には、江戸時代の文人たちが建てた、矢立初めの句を刻んだ句碑がある。

——行く春や鳥啼《とりな》き魚の目は泪《なみだ》。

春がすぎていくのを惜しんで、鳥も鳴き、魚も目に涙を浮かべている——くらいの意味だろうか。旅立つ自分と、春を重ねて詠んだのかもしれない。

そして、矢立というのは携帯用の筆記用具のことを指す。筒状のものだから、刃を仕込めば護身用の武器にもなるらしい。

真偽はともかく、伊賀《いが》出身で、長大な距離を徒歩で移動した松尾芭蕉は、じつは忍者ではなかったかという説がある。だから柊一たちはまるめたチラシでつくった矢立でチャンバラをしながら、芭蕉碑のそばで忍者ごっこをして遊んだのだった。

「たーっ！　うりゃーっ！」

零と詩香が、幼くも活発すぎる柊一の攻撃から逃げまわり、楽しそうに笑う。

「柊一、あんたちょっと激しすぎっ！」

「そんなにアグレッシブじゃないと思うよ、芭蕉はっ」

天国から芭蕉がみていたら苦笑するような光景だったろうが、楽しかった。

やがて柊一も中学生になった。そのころにはもう忍者ごっこはしなかったが、詩香は変わることなく、頻繁に谷村家を訪れていた。

当時、柊一は自分と同じ中学生の詩香に、淡いあこがれの気持ちを抱いていた。

初恋というほど明確な感情ではない。気持ちに歯止めをかけていたから、そこまでは育たなかった。自分を抑制していた理由は身近なところにあった。

「零、約束してた誕生日のお祝いをもってきたよ。特製レシピのカレーをつくってきたんだけど」

「ありがとう、詩香。特製なんだね」

「いや、その……まあ、ちょっとだけ複雑な香りとコクがあるだけなんだけど」

近所の家から鍋《なべ》をもってきた詩香の照れ笑いに、高校生の零が「楽しみだな」とさわやかな微笑を向ける。

そう、詩香はどうみても兄の零に好意を抱いていた。

だとすれば手のほどこしようがない。下町の神童といわれる優秀な零と、下町の悪童といわれる自分では、だれだって前者を選ぶと思い、柊一は切ないため息をつく。

残念ながら、零は詩香のことをなんとも思っていないようだったが、だからといって、自分がぐいぐい押すのもちがう気がした。やはり彼女を困らせたくはなかったから、当時の柊一は、自分の気持ちをそっと胸の底へと沈めたのだった。

逆に詩香は柊一の気持ちにまるで気づかなかったようで、ままならない片想いの構図がそこにはあったが、表面的にはずっと変わらない関係がつづいていたのである。

カレーのいい香りがただよう居間で、零と詩香と柊一は今日も一見いつもどおり。

「どうした、柊一？　ぼんやりしてないでこっちに来いよ」

零が柊一に声をかけると、詩香も口をそろえる。「柊一、おなか空《す》いてるんじゃなかったの？」

「ん。空いてる」

ちなみにカレーは、当時の柊一のいちばんの好物だった。ほかの者が外出していて静かな休日の谷村家、広い卓を囲んで三人でカレーを食べる。

それを口に含んだ瞬間、柊一は目をみはった。不思議な風味だったからだ。

「なんだこれ？　味が深いというか、複雑というか……めっちゃうまいっ！」

「でしょ？」

詩香はいたずらっぽく笑った。「あるものを混ぜると、こういう風味になるんだけど、それがなんなのかは……秘密です！」

詩香がカレーに混ぜた「秘密」とやらの正体は、たしかに気になった。

でも、それよりも彼女の意外な料理のうまさに、柊一ははっとさせられていた。

料理については、家が飲食店の自分のほうが上だとずっと思ってきた。でも詩香は詩香でおいしいものをつくり、食べさせることに相応の興味があったらしい。

そうでなければこの深い風味はつくり出せないだろう。詩香には、自分の知らない面がまだまだたくさんあるのかもしれないと思った。

柊一自身、なぜそう感じたのか不可解なのだが、それがひとりの女子としての詩香を印象的に記憶している出来事。いまも忘れられない思い出なのだった。

「話がすんだのでしたら、もう仕事に入ってもかまわないでしょうか？」

そしていま、大人になった詩香のそんな事務的な言葉で柊一は我に返り、あわてて現実への順応をこころみる。

「ああ、かまわない。じゃなくて、かまう。あのさ……えっと、逢沢さん」

彼女の態度のせいもあり、昔のように名前を呼び捨てにするのは気が引けた。それどころか不覚にも遠慮して、苗字《みょうじ》で呼んでしまうという、ていたらくだ。

「いつからこっちに？　俺は最近戻ってきたばかりなんだけど、逢沢さんは？」

詩香は大学進学を機に親元を離れて、卒業後はたしか銀行に就職し、ひとり暮らしをしていたと聞いている。いつ戻ってきたのだろう。なぜこの店でアルバイトをしているのだろうか。

もしかすると、彼女はいまもまだ零のことを？　まさか、それで？

いや、それはいま考えても仕方ない、と思いめぐらせる柊一に、詩香はどこか淡々とこたえた。

「戻ってきたのはわたしも最近です。三年前」

三年を最近と表現する詩香に少しとまどいながらも、つづけざまに柊一は訊《き》いた。

「銀行の仕事は？　たしか出海銀行《いずみぎんこう》に」

「その件についてはプライベートなことなので、ノーコメントで」

どこか型どおりにそういわれて、踏みこんでほしくないという意味だと理解した。

「わるい……」

「あ、いえ……」

きっと退職の経緯に、ふれられたくないことがあったのだろうと柊一は推測する。

でも、具体的にどんな出来事が彼女を変えたのだろう？　昔の詩香は近所の人気者だった。まじめで潑剌《はつらつ》とした女の子で、優等生だった零とは方向性も似ていた。

でもいまは、うっすらと不満をためこんでいるようで、口数も以前よりずっとすくない。十年たてば人は変わるとはいえ、近くにいるのに存在が遠く感じる。

少年時代、踏み出せなかったあのころよりも、はるかに精神的な距離がひらいてしまったようで、胸がかすかに痛んだ。

2

「なあ、なんでいわなかったんだ、店がピンチな理由」

柊一が竜也に尋ねたのは、その日の昼の営業が終わっての休憩時間。客入りがすくなく、ランチ用に仕込んでいた食材が余ったため、賄いとして家族に食べてもらっていたときのことだった。

食卓を囲む顔ぶれは祖母の京と、父の竜也と、次男の悠司、そして柊一と杏。珊瑚と良樹は学校にいっている。竜也は目を伏せてコロッケを咀嚼《そしやく》しながらいった。

「……いっても仕方ねえだろ。自分の店はともかく、他人様《ひとさま》の店には干渉できねえ」

「それはまあ、そうだけど」

柊一としては、隠しごとをされていたようで釈然としない。

昼の営業中、柊一は詩香とのコミュニケーションの促進をはかるべく、業務に関する質問という体裁をとって、何度か話しかけてみた。そのとき詩香からその件を知らされたのだった。

みけねこ食堂がピンチなのは零の失踪《しつそう》もあるが、それよりも近所に競合店ができたのが原因。おかげで少し前から客入りが大幅に減り、零も苦しんでいたのだという。

「もしかして零さん、その重圧の苦しさに耐えかねて、どこかに……」

「冗談よせよ。そんなことで、あの兄貴が雲隠れしてたまるか」

つい強い語調でいうと、詩香も「そうですね」といって口を閉ざした。そこそこ話せるようにはなったが、彼女とのぎこちない雰囲気は当分つづきそうだった。

さておき、ぎこちないといえば現在もうひとり、そのような態度の者がいる。

いま、昼食の席で賄いのコロッケをかじっては、白いごはんを食べている杏はおしゃべりもせず、どこかむっつりしてご機嫌ななめにみえた。

ほかほかの白いごはんが大好きな杏は、食事中はたいていしあわせそうなのだが。

「杏、これ食べるか？　好きだろ、ゆで卵」

柊一は自分の皿の上の、半分に割ったゆで卵を指さすが、即座に杏は首をふった。

「いらなーい」

「そっか」

一見さりげなくも、どこかわざとらしい杏の態度を柊一はいぶかしむ。

午前中、詩香と顔を合わせて以降、杏はずっとこんな調子なのだった。

とはいえ、べつにふたりは言葉を交わしたわけでもなく、ただ数秒ほど黙って視線を合わせていただけ。それから急に杏はぷいっと外に出ていってしまったのだが、なにか気に入らないことでもあったのだろうか。たとえば詩香の眼鏡のデザインが好きじゃなかったとか？　などと考えていると、ふいに悠司が口を開いた。

「そこはやっぱり、親心ってやつなんじゃないのかな」

「は……？　突然なんの話だ？」

柊一は悠司のやさしそうな顔を半分ぽかんとして眺める。視線に押されたように悠司は筋肉質の上半身を引き、ちょっと気弱そうに苦笑した。

「店がピンチの理由を父さんが兄貴にいわなかった理由だよ。だってほら、ふつうに考えれば気をつかうよね？　近くに競合店ができたっていういまの状況は、いうなればば昔の零兄貴と同じなんだから。まぁ、あのときは零兄貴ががんばったけど、今回はそうかんたんにいかないだろうし」

「なんだよ。そんなにすごい店なのか？」

「ん。おおきいことはたしか。それに柊一兄貴は有名シェフだから、失敗したら面子《メンツ》も丸つぶれでしょ？　だからプレッシャーをかけたくなくて——」

と、そこまで口にしたとき、黙々と食事をしていた竜也が突然声を張りあげた。

「悠司っ！」

ぎくっと口をつぐむ悠司に顔を向けず、竜也は漬けものをぼりぼり噛《か》んでいう。

「……よけいなことはいわんでいい」

父のその態度で、いまの悠司の発言が事実であることを柊一はさとった。

そういえば、父が以前いっていた気がする。『いまがどんな状況なのか、おまえはわかってない。零のこともそうだし、あの店のことも』

あの店とは、その競合店とやらのことだったのか。まさか父親に気づかってもらっていたとは。

柊一がちらりと視線を向けると、竜也は箸《はし》を止めて「知らん！」と口走る。それから室内用のステッキをついて立ちあがり、どすどすと奥へ引っこんでしまった。

やれやれ、といいたげな表情で、京は静かにお茶をすすっていた。

残念なことに、その日の夜の営業でも、店は相変わらず閑散としていた。客と仕事量はすくないものの、精神的に消耗する一日が終わる。

気になっていたことを柊一が切り出したのは、奥の和室に杏を寝かせるための布団を敷いていたときのことだった。

「なあ杏。いいたいことがあるなら、なんでもいってくれよ」

時刻は夜九時。パジャマ姿できょとんと目をみはる杏に、柊一は問いを重ねる。

「いや、昼間ちょっと機嫌わるそうにしてただろ？　まあ、ほんとはいわなくても察するのがベストなんだろうけど、俺、独身だし、わからんことも多いからさ」

実際のところそれは非常に控えめな表現で、わからないことだらけだ。でも、そこまで正直にぶちまける前にやることがあるだろう。

「杏にしてみれば、パパもママも突然どっかにいっちまったんだ。不安だと思うし、うちの連中に気をつかっちまうこともあるだろ。でも、俺には遠慮しないでほしい」

発言の意図を探るような色を瞳《ひとみ》に浮かべる杏に、柊一はにやりと笑ってつづけた。

「この家でいっしょに暮らす以上、家族だと思ってくれ。いいたいことはなんでもいってくれよ」

近ごろは、杏もずいぶん柊一に慣れて、いろんな話をしてくれるようになった。

彼女はとても頭がよく、六歳とは思えないほど語彙《ごい》も豊かで、さすがは我が兄の娘だと毎度感心させられるが、まだ若干の遠慮が感じとれるのも事実。

ためこまずに心を開いて、思いのたけを伝えてほしい。ある意味、わがままなくらいに。俺は本物の家族だと思って、本気で接するから――。

そんな柊一の気持ちを汲《く》んだのか、杏はきまじめにうなずいた。「わかった」

「ん。じゃあ、なんで機嫌がわるいわけ？　昼間、詩香となんかあったのか？」

杏はかぶりをふると、「べつに機嫌はわるくないよ」と屈託なくこたえた。

「そうなのか？　だけど」

「ちょっとね、いろいろ考えちゃっただけ。エゴイスティックなことを」

「……エゴイスティックなこと？」

予想外の発言に柊一は思わずおうむ返しして、いまの子は難解な言葉を知っているものだと感心する。さっきの自分の発言を受けて本気を出してきたのかもしれない。

そうだよ、と杏はくすっと笑うと、突然パジャマ姿で両手をひろげて、うれしそうにその場でくるりとまわった。

「でも、柊一がいえっていうなら、今後はそういうこともどんどんいっちゃうね！」

「お、おう……。そりゃありがたい。つーか、お手柔らかにな」

「じつはね、あの詩香さんっていう女の人に、お願いしたいことがあるんだけど」

杏は顔を近づけると、虚をつくことを耳打ちしてきた。柊一はつい遠い目になる。

「おいおい、なんだかなあ」

「えへへ」

「……まあいいけど」

はにかんで照れたように笑う杏を柊一は複雑な気分で眺める。悠司がいきなり和室に飛びこんできたのは、そんなときだった。

「兄貴！　いまちょっといいっ？」

「いいかって、もう来てるし。なんだよ。杏が寝てたら起こしちゃってただろ」

「あ……。ごめん。でもまだ、あかりがついてたからさ。ところで、みてこれ」

悠司は平たい木の箱を差し出してきた。なんだろう？

「たったいま、零兄貴の部屋でみつけた。柊一兄貴のいったとおり本棚を探してたらほんとにあったんだ！」

驚愕《きょうがく》でおおきく目をみはり、柊一はその平たい箱を手にとる。

箱はほぼB5サイズ。木の材質には高級感があって、手ざわりが心地よかった。

特筆すべき点は鍵《かぎ》がかかっていること。ふたと箱に掛け金がとりつけられており、ダイヤル錠でロックしてあった。

ダイヤル錠はアンティークを思わせるレトロな形で、表面が錆《さ》びてくすんでいる。ものは古いが、つくり自体は頑強だ。数字を合わせない限りは開きそうにない。

柊一は木箱に顔を近づけると、くんくん匂いをかいでみた。

「匂いからすると桐の箱だな……。なにが入ってるんだ？」

天井の照明に木箱をかざし、ためつすがめつするが、見当もつかない。箱はとても軽かった。音がしないから、内部の隙間にやわらかいものでもつめてあるようだ。

悠司は繊細な手つきで眼鏡を持ちあげる。「本棚の本を一冊ずつ抜き出してたら、奥の板に押しつけるみたいにこの箱があってさ……。でもまさか、ほんとに隠してるなんて。零兄貴も、意外と茶目っ気があったんだね」

「まあ、基本的にはまじめだけど、遊び心はあったたな。意外なタイミングで急にクイズとか出されて、どう反応すればいいのかたまに困った。子どものころの話だけど」

「この箱も、ある意味それなの？」

どうなのだろうか。そもそもこの箱は柊一が実家に戻り、悠司に本棚を探すようにいわなければ発見されなかったものだ。意図があるようには思えないが、あるいはそこまでなら思考をぎりぎり先読みできるだろうか。でも、あえてそれをする意味は？

柊一は悠司に顔を向けた。「なにが入ってると思う？」

「ごめん、想像もつかない」

悠司は首をふった。「だって、隠しかたが本気すぎるよ。よっぽどみられたくないものなんだろうけど……。これ、もしかして今回の失踪に関係あるのかな？」

「ん、それこそわからん。でも、ないとはいい切れないな」

「だよね。正直、ありそうで怖いよ」

柊一も内心そう思ったが、べつなことを訊《き》いた。「ダイヤル錠の数字は？　もう試してみたか？」

「ううん、まだ。というか無理でしょ、これは」

箱にとりつけられたダイヤル錠は五桁《けた》だった。0から9までの数字を五つそろえなければ開かないタイプだから、つまり――。

「組み合わせの数は？」

柊一が訊くと悠司は瞬時にこたえる。「十万パターン。十の五乗」

「計算速っ。でも……だったら適当に合わせても無理っぽいな」

と、そこまで話したとき、かたわらの杏が布団に膝《ひざ》立ちの状態で、前後にぐらぐら揺れていることに気づいた。眠気はすでに限界寸前のようだ。

「わ、わりいっ」

柊一はあわてて杏を布団に寝かせると、消灯してそそくさと部屋を出た。睡眠時間を削ったおわびに、明日はさっきの頼まれごとを忘れずに実行に移そうと考える。

それから居間にいき、ふたたび悠司とダイヤル錠の数字合わせにとり組んだ。

容易に解錠できないのはわかっていたが、予想以上に難航した。ぞろ目をはじめ、生年月日や電話番号や住所の番地など、思いつくものをひたすら試したものの、いっこうに開く気配はない。

「まあ零兄貴のことだから、かんたんに思いつくような数字にはしないか……」

「気長に試行錯誤するしかないね。あ、箱はここに置いといたら？　明日にでも俺がみんなに説明しておくから」

悠司の提案で、ダイヤル錠つきの木箱は居間に置いておき、手が空いているときに皆で試すという方針にした。家族の未来のインスピレーションに期待しよう。

3

翌日、みけねこ食堂に出勤した詩香に柊一が例の件を説明すると、彼女は意外にもあっさり承諾してくれた。

「かまわないですよ。そういうことでしたら」

どういうことでしたら、かまうのか？　という所感を口に出すことなく、柊一は素直に「サンキュ。助かる」と礼をいった。詩香はすました顔で応じる。

「いえ、こういうのは大人の義務ですし、買い物はわたしもしますから」

そしていま、店の昼の営業が終わり、軽く片づけを終えた休憩時間。柊一と杏と詩香は、三ノ輪橋の西に位置する、日暮里《にっぽり》の中央通り沿いを歩いていた。

別名、日暮里繊維街とも呼ばれるそこには、繊維の卸協同組合に加盟する多くの店があり、いずれもほのぼのした個性をかもし出していて、なごむ。

色とりどりの生地や服飾パーツが卸値価格で買えるのはもちろん、若者向けの服や婦人服、子ども服などの激安店もあって、それらの服を使ったスタイリングを日暮里カジュアル、略してニポカジ、と心ある人は呼ぶこともあるらしい。

今日の柊一たちの目的は、その日暮里カジュアルだった。昨日の夜、杏が寝る前に耳打ちした「わがまま」というのが、衣類不足の相談だったからである。

「着るものが、ちょっと足りない。シャツとか靴下とかタオルとか、もっとほしいな。安くてかっこよくて、おしゃれでセンスよくてかわいいやつがいいんだけど」

「そんな服、この世にあるかっ！　いや、ごめん。気がまわらなくて。衣類はたくさん必要だよな。とはいえ、女の子用の服でかっこよくておしゃれで、以下略か……」

こんなときに母さんがいてくれればな、と柊一は頭をかいた。「ばあちゃんに選んでもらうのは、やっぱ無理ある？」

「たぶん。だから、あの新しく来た女の人に頼んでみてほしいんだけど」

「そうつながるわけか」

ややもすれば詩香と睨《にら》み合っていたようにもみえたあのとき、杏がそんな深謀遠慮をめぐらせていたとは、まさに予想のななめ上で、つい遠い目になってしまった。

そして今日、その詩香に頼んでみたところ、三ノ輪橋からも近いこの場所を紹介されたのである。たしかにまさかの値段ぞろいだった。

トマトのロゴが鮮烈な店や、レモンのマークがまぶしい店、ヘイワの文字に癒《いや》される店など、個性的な衣料品店をあちこち眺めては、杏と詩香は気に入った衣類を買い集めていく。

荷物係に徹しながら、柊一が様子を観察するに、ふたりは意外と息が合っていた。

六歳とはいえ、杏は精神年齢が高いから、唯々諾々と大人にしたがうのではなく、服の好みをはっきりと主張する。そして詩香がきめ細かくそれに応《こた》える形だ。

初対面のときは多少冷たくも思えた詩香だが、杏の服を丁寧に見立てていく様子をみていると、そんな感じはまるでしない。ちいさい子にはいつだって親切だった昔のやさしい彼女の面影を見出《みいだ》して、柊一の頬は自然とほころんでいる。

やがて、両手に多くの荷物をもちながらも満足そうにうしろをついてくる柊一をふりかえり、詩香が数秒の無言のあと口を開いた。

「あの……。荷物、わたしも少しもちましょうか？」

「だいじょうぶ。俺、もつの好きだし」

「荷物を？　そうでしたっけ？」

人は変われば変わるものだから、と柊一は名言ふうに返した。「まあ遠慮しないでどんどん買ってくれよ。ほら、あそこのTシャツ百円だってさ。お買い得じゃね？」

「雑巾《ぞうきん》にいいかも……」

「えっ？」

さておき、その後も衣類をふんだんに買い、結果的に柊一の荷物の量は膨大なものになった。これだけあれば一日何度でもお召しかえが可能だろう。さすがに歩くのが大変なので、帰りは電車を使う。

日暮里から京成《けいせい》本線で二駅ほどいけば、下町情緒いっぱいの町屋《まちや》駅に着く。うららかな春の日差しのなか、都電荒川線の乗り場までぶらぶらと歩いた。

路面電車は乗っていて楽しいが、速度は自動車よりのんびりしている。ルート的に迂回《うかい》していることもあって、所要時間は直線距離を歩くのと大して変わらない。

休日気分にひたりながら都電荒川線に揺られ、三ノ輪橋停留場に着いたときには、ふだんなら早めの夕食をとる時間だった。

「柊一、そろそろおなか空《す》いたんじゃない?」

杏に服をつままれて柊一は苦笑する。「俺に食欲を転嫁すんなよ。空いたけど」

夕方五時から店を開けるのに備え、いまごろの時間にいつも軽くなにか食べておくことが多い。仕事の都合上、学校に通っている珊瑚や良樹とは時間が合わないから、平日はわりと皆がばらばらに食事をとる。確実にそろうのは朝食のときだけだ。

さておき、詩香はどうだろうか。

「逢沢さんも、おなか空いたんじゃないか?」

詩香は淡白にうなずいた。「わたしに転嫁しないでください。空いてます」

「じゃ、なにか食べて帰ろう。このへんで最近おすすめの店とかは……」

詩香の眼鏡が光った。「もちろんありますよ」


三ノ輪橋停留場のゲートを出て、商店街の方向とは逆に進んだすぐの場所に詩香のおすすめの店はあった。

全国展開されている有名なフランチャイズチェーンで、店舗もおおきい。

「前は駐車場だったんだけどな、ここ……。家と逆方向だから気づかなかった」

柊一は苦い顔で、江戸時代の商家に似た意匠が施された、それでいてわかりやすく規格化されたデザインの建物を眺める。

「『一膳《いちぜん》めし、春海屋《はるみや》』か。定食屋じゃなく、一膳飯屋系のフランチャイズってわりとめずらしいよな」

「そのめずらしいお店に、うちはだいぶ前からお客さんを奪われてるんです。競合店をいちどは視察しておく必要があると思いません？」

「まあそうだな。ストアコンパリゾンってやつか」

ストアコンパリゾンというのは競合店の調査という意味の業界用語。そういう視点でみると、相手が店をかまえた場所は相当いい。

飲食店の成功は、立地におおきく左右されるといわれる。

もちろん店の業態にもよるが、近くに商店街があって商圏人口が多く、駅前で店前通行量も申し分ないこの立地は、かなり手ごわそうに柊一には思えた。

「まあ、とりあえず入るか。行こう」

「うん！」

ぱたぱたと元気に先行する杏のあとを追い、柊一たちは一膳めしのフランチャイズチェーン、春海屋の店内に足を踏み入れる。

なかなかモダンな空間だった。開放的なデザインで採光性が高く、天井から降り注ぐあかるい照明も相まって、まぶしいほどの清潔感だ。

カウンターには多彩な惣菜《そうざい》の入った小鉢がずらりとならび、客はそこから食べたいものをトレイにとって、自分の好みのセットをつくる方式らしい。

とりあえず大量の荷物を席に置き、トレイを手にした。小鉢のならぶカウンターの前で、惣菜のできを観察する柊一に、隣の杏が尋ねてくる。

「このおかず、どれを食べてもいいの？」

「ああ。食べきれるだけな」

「すごいね。ケーキバイキングみたい！」

一瞬、柊一の頭のなかを紋白蝶《もんしろちょう》のように疑問符が飛びまわった。「まあケーキはないけど、わりと洋食系もあるみたいだな。オムライスとかカレーとか、ピザにパスタにパエリアまである。なんだよ、一膳めしどころか、なんでもありじゃねえか！」

「なに怒ってるの、柊一？」

「いや、怒っちゃいない。俺はただ……」

「わたし、カレー食べようっと！」

嬉々《きき》として惣菜を選ぶ杏の耳を、柊一の話は素通りしたようだ。柊一はちいさく息をつくと、好みの惣菜をトレイにのせていき、その後、レジで伝票を受けとる。

午後の中途半端な時間帯だというのに店内には大勢の客がいて、みけねこ食堂とは比較にならない繁盛ぶりだった。内心苦い気分で柊一たちは窓際のテーブルにつく。

杏のトレイには白いごはん、味噌汁《みそ》、ハンバーグ、カレー、目玉焼き、まぐろの刺身、ウインナーなどが所狭しとならんでいた。混沌《こんとん》としたラインナップだが、食べきれるのだろうか？

「いただきまあす！」杏は食べる気にあふれていた。

まあ食べきれなければ俺が食べようと柊一は思い、「いただきます」と小声でいう対面の詩香にうなずいて、料理に箸《はし》をつけた。

最初に口に含んだのは卵焼き。まずくはない。ふつうにおいしい、ふつうの味だ。

フランチャイズチェーンの料理はシステム化されており、仕込みはセントラルキッチンなどの工場的な施設でするケースが多く、その半加工食材を店舗で焼いたり揚げたりすることで完成する。

たとえばコロッケなら、じゃがいもをつぶし、ひき肉を加えて混ぜて――といった仕込みの部分を一箇所で大量におこなうから、味《み》がつねに一定になり、コストや人件費も抑えられる。その手法を否定するつもりは微塵《じん》もない。

でも柊一には、もっとおいしいものを自分の手でつくっているという、ちっぽけかもしれないが強い自負がある。だからこのチェーン店が繁盛し、逆にみけねこ食堂には閑古鳥が鳴いているという、いまの状況は内心くやしかった。

なんとかしたいな、と思いながら、柊一は仏頂面で黙々とおかずを食べていく。

ふいに杏が素朴な疑問を口にした。

「ところで『いちぜんめし』ってなに？」

現実に引き戻された柊一は思わずまばたきする。「なんだったかな？」

一膳、つまり茶碗《ちゃわん》一杯のごはんというだけではなく、たしか歴史的な意味があった。子どものころ、何度か父にその話を聞かされたのだが、急には思い出せない。

発声練習のように「んー……」と柊一がうなっていると、対面の詩香がこたえる。

「食堂のルーツのひとつです」

柊一は、はっと思い出した。

「そうそう、一膳飯屋は大衆食堂のルーツなんだ。この店もそれがコンセプトとしてあるんだろうけど……逢沢さん、よく知ってたな」

「いちおう、いまは食堂の従業員ですから。興味がわいて、いろいろ調べたんです」

柊一は素直に感心する。「すごい」

「ねえ、もう少しくわしく教えて！」

好奇心の光る目で杏がそうねだると、詩香はちらりと柊一をみた。「語っても？」

「いいよ。お願いする」

それでは、と詩香は眼鏡のフレームをくいっともちあげて語りはじめた。

「日本における外食店のルーツには諸説ありますけど、今日の形に近い、いわゆる大衆食堂や定食屋に限っていうと、それは『奈良茶《ならちゃ》』の店だといわれています」

江戸時代初期のことですね、と詩香はつづけた。

「明暦の大火のあと、江戸の町を復興するために地方から多くの労働者が集まってきました。その人たち向けに、煮魚などの惣菜を売る煮売屋が急増したそうですが、そういった食べもの屋の代表が、浅草の寺の門前にあった茶屋。この店が茶飯に豆腐汁、煮しめ、煮豆などをつけたセットを『奈良茶』という名前で売り出して評判になり、それは今日でいうお茶漬け定食みたいなものだった。日本の外食文化の先駆けは、この奈良茶の店だろうというようなことが、近世風俗の文献、『守貞謾稿《もりさだまんこう》』に書かれています」

茶飯とは、米をお茶で炊いたもの。もしくは炊いた飯にお茶などを混ぜたもの。

奈良茶飯は奈良名産の茶飯のことだが、ここでいう奈良茶は、茶飯や豆腐汁などの定食的なセットを意味するのがポイントだと詩香はいった。

「それから月日が流れて、やがて、そばを食べさせる店があらわれます。一杯ずつおかわりなしの盛り切りで売ったこのそばが『けんどんそば切り』と呼ばれ、また、ごはんのほうもそれにならって『けんどん飯』、『食慳貪《めしけんどん》』などの店が登場しました」

けんどんとは「けち」のこと。つまり、おかわりできないからそんな名前になったのかもしれませんね、と詩香はいった。

「さて、前置きはこのへんにして、江戸時代の後期にもなると、いろんな種類の外食店が栄えるようになります。そして、高級料理の店に対する庶民の店として、けんどん飯などの延長線上に、一膳飯屋が出てきたんです。一膳飯屋、略して飯屋ですね。それら外食店が普及し、明治以後に西洋料理店との折衷を進めるなかで、今日の食堂の形ができていきました。和食だけではなく、西洋料理を日本ふうにアレンジしたコロッケやトンカツなどの洋食をメニューにとり入れていったわけです」

いうなれば一膳飯屋の和の系譜と、西洋料理の系譜がまざりあったところに大衆食堂が誕生したのだと詩香は説明した。

「総括しますと、外食店の発達は近代化……つまり産業構造の変化とリンクしています。江戸なり東京なりに、地方から大勢の労働者が流入してきて、そういった人を食べさせるために発展した。お客さんはつねに、都市労働者だったということですね。うがった見方をすれば、いまは体が資本の職人さんや労働者の割合が昔より減りましたから、安くてたくさん食べられる旧来の大衆食堂は、相対的に流行《はや》らなくなったのでしょう。とはいえ、わたしは嫌いではないです。むしろ好き」

そういえば、と少し圧倒されながら柊一は考える。

みけねこ食堂の最盛期も七〇年代で、高度経済成長期の後半あたりだったと祖母の京がいっていた気がする。だから詩香の分析はたぶん合っているのだろう。

さすがは子どものころ、零とお似合いの才媛《さいえん》とも讃《たた》えられた女の子だ。

「ごくろうさん。力の入りまくった解説、サンキュな」

柊一が礼をいうと、詩香ははっと恥ずかしそうにうつむいた。

「すみません、つい血が騒いで」

「血……？　ああ、逢沢さんって、昔からちょっとそういうところあったな。熱中すると語るタイプというか。でもマジで勉強になったよ。どうやって調べたんだ？」

「図書館で。わたし、凝り性ですから」

そのとき、ふいになぜか一瞬、小学校の図書室で熱心に本を選ぶ少女時代の詩香のうしろ姿が柊一の頭をよぎった。なつかしい気分で「だったかもな」と応じた声色が自然だったからか、はじめて詩香が表情をふっとゆるめる。

「自分が働く場所の起源とか立ち位置って、知っておいて損はないものでしょ？」

なんだろう。ほんの少し距離が近づいた気がして、柊一は胸がもやっとする。

昔と比べると表面的な態度こそちがうが、やはり彼女の芯《しん》にあるものは変わっていないのではないだろうか。

自分が大切だと思うことには手を抜かない。そういう人には不変の魅力がある。

かつての憧憬《しょうけい》は胸の底に沈み、化石燃料のように変質したと思いこんでいた。でもいまそれがふたたび浮かんできて、淡く心惹《こころひ》かれはじめている自分を感じる。

できれば敬語ではなく、昔のようにくだけた口調で話してほしい。そうするにはどうすれば、と柊一が考えていたとき、ふと隣の杏が妙に静かなことに気づく。

「杏……？」

顔を向けると様子が妙だった。両手で口を押さえながら杏は顔をしかめ、ちいさな体を小刻みにふるわせている。

「杏、どうしたっ？」

くぐもった声で杏はこたえた。「か、らい……」

からい？　杏のトレイの料理は大半が空になっていたが、カレーだけが食べかけだった。まだ半分以上がカレー皿に残っている。これだろうか？

刹那《せつな》、うっと杏が背中をまるめ、しまったと柊一が思ったときには遅かった。

「うぇぇっ」

苦しげにぶるりと体をふるわせたあと、杏は食べたものを床に戻してしまった。

「すみません、ご迷惑をかけて……」柊一は顎《あご》をこころもち引いて謝罪する。

「いえ、わりとよくあることですから」

あれからすぐに飛んできた制服姿の店員に謝り、柊一と詩香もいっしょに床を掃除した。ペーパータオルでぬぐって片づけたあと、消毒剤で丁寧に拭《ふ》く。

戻したもの自体は大した量ではなかったが、かたわらの杏はさすがにしょんぼりして、涙目でうなだれていた。

「柊一、ごめんなさい……」

「気にすんなよ。失敗はだれにでもあるさ」

「でも……。人生最大の汚点ってこういうことをいうのね……」

「え？　いや、そこまで思いつめなくても」

ショックで杏は黄昏《たそがれ》の海でも眺めるような遠い目になっていたが、とりあえず体調的には問題ないようだったので、その点は不幸中の幸いだった。

アレルギーや食中毒なら命にかかわる場合もある。今回は、急いでたくさん食べたことによる消化不良、あるいはカレーによる胃への刺激が原因というところだろう。

思えば少し唐辛子が強めに効いたカレーではあった。

「ほんとにすみませんでした」と何度目かの謝罪を口にした柊一に、店員は手慣れた様子で業務用の笑顔を返す。

「お子さんがなんともなくて、なによりですよ。お父さんもお母さんもあまり叱らないであげてくださいね」

「はい……？」

柊一はまばたきする。一瞬遅れて意味を理解し、顔がじわじわ赤くなってきた。

つまりは柊一が父親、詩香が母親で、杏が娘にみえるということだろう。たしかに状況的にはそう解釈するのが妥当だ。

「いや、その、俺らはなんというか」

妙に気恥ずかしくなり、訂正するか、しないでやりすごすか、柊一は迷う。

黒いスーツを着た男が、奥から足早にやってきたのはそんなときだった。

「なにか問題はございますか?」

オーナーの神崎《かんざき》です、と名乗ったのは三十代なかばで、いかにも仕事ができそうな壮年の男性だった。片づけを終えた店員は、そのオーナーと入れかわるようにそそくさと持ち場へ戻っていく。

大したトラブルではないと判断したのか、オーナーは硬かった表情をすぐにゆるめた。目の端でさりげなく柊一たちを観察しつつ、ふとオーナーは詩香に目をとめる。

「ん? あなたはたしか、近くの食堂の……」

「ええ。みけねこ食堂で働いてます」

詩香がこたえると、なぜかオーナーは不思議な感じにくちびるの端を動かす。

いや、正確にはよくわからない。おそらく気づいたのは目がいい柊一だけだった。

彼のその口もとの動きは、顔の筋肉の力でコントロールされたように、次の瞬間にはきれいに消えてしまっていたからだ。

たぶん内心怒っているせいで、表情筋がこわばっているのだろう。だったら少し歩みよった態度をみせるかと思い、柊一はめずらしく愛想よく話しかけてみた。

「ご迷惑をおかけしました。俺もみけねこ食堂で働いている、料理人です」

オーナーの反応は淡白だった。「そうですか」

「もちろん、なんというか、彼女とはふつうの従業員同士で」

「それはどうも」

興味なさそうに会話を打ち切ると、店のオーナーは横を向いた。メールでもチェックするのか、スマートフォンをとり出して画面をタップしはじめる。

おいおい、と柊一は思った。忙しいのはわかるが、少し失礼じゃないのか？

いや、それだけ不機嫌にさせたということなのだろう。長居はしないほうがいいと思い、会計を済ませた柊一たちは、足早にフランチャイズ店をあとにした。

4

翌朝、いつもより早く目がさめたのは、杏のことが胸にあったからだろう。

普段着のつなぎに着替えた柊一が一階におりて、和室のふすまをそっと開けると、早朝の布団のなかに杏の姿はなかった。

かすかに胸がさわぐ。

　昨日、家に帰ってきてから杏はずっと口数すくなく、早めに寝てしまった。それだけショックな出来事だったことは想像にかたくないが、なんといっても彼女は若いから、一晩寝ればけろりと立ち直ると踏んでいたのだが。

「……杏っ！」

　柊一は早足で廊下を引き返した。まさか家出でもしたのでは？

　そう思って靴を確認しようと玄関に向かう途中、意外な光景に出くわす。

「あっ。おはよう、兄さん」

　良樹と杏が、居間の座卓に置かれた大皿に、握りたてのおにぎりをならべていた。

「おはよう柊一。どうしたの？　そんなあわてた顔して」

　柊一も杏におはようと挨拶《あいさつ》した。「あわてちゃいない。俺はきびきびしてるだけ」

　そばには大量のごはんを炊いた炊飯器と、それを盛ったどんぶりがあった。炊きたてのごはんは熱いから、杏が火傷《やけど》しないように、いちどべつな器で冷ましているらしい。

　ごはんを一生懸命まんまるに握っている杏の隣に、柊一は無造作に腰をおろすと、朝の光のなかで一段と育ちがよさそうにみえる良樹に顔を向けた。

「そういえば今日は、良樹が朝食当番だったたな……。おにぎりか」

「たまにはいいでしょ？」

良樹は形のいい三角形のおにぎりを握っていた。「今朝、杏ちゃんが早起きしてたから、なにを食べたいか訊《き》いたんだ。そしたら、おにぎりっていうから」

柊一は思わず微笑む。「杏は白いごはんが好きだからな」

「好き。とくにおにぎりは最高っ」

ごはんを気持ちよさそうに両手でさわりながら杏はにっこり笑った。「おいしいし、食べやすいし、きれいだし、世界一おおきい食べられる宝石だと思うの」

「そこまでいうか！　でもまあ俺も嫌いじゃない。おにぎらずとか派生もあるけど。おにぎる、おにぎらない……良樹はどっちが好きだ？」

「えーっとね」

少し思案したあと、良樹はすらすらとこたえた。

「おにぎった。おにぎるとき。おにぎれば。おにぎれ、おにぎろ。どれも好きだよ」

「ぷっ」

おにぎろだってー、と杏はキャッキャッと笑い出す。どうやらツボに入ったらしく、いつまでも無邪気な笑いがおさまらない彼女を前に、柊一は内心胸をなでおろした。柄にもなく心配しすぎていたようだ。これだけ笑えるならもうだいじょうぶだと思い、そして杏の笑顔をみるだけで理由もなく楽しい気分になれる自分に気がついた。

いい気分が台無しになったのは、その日の昼の営業時間が終わりに近づいたころ。もうすぐ午後二時になるというとき、半分もつれた足音が響き、食堂の厨房《ちゅうぼう》に血相を変えた悠司が飛びこんできたことからはじまった。

「兄貴！　大変だ！」

「なんだよ、てぇへんだてぇへんだって、おまえ——」

「いや、冗談いってる場合じゃなくて。みてよ、これ！」

柊一の鼻先にスマートフォンをかかげて悠司は叫んだ。「うちの店がネットで炎上してるんだ！」

柊一が呆気《あっけ》にとられたのは、まるで身におぼえがなかったからだ。「は？　なにかのまちがいだろ」とつぶやくも、表示された画面をみて血の気が引いていく。

それはツイッターの投稿をまとめるサイトだった。世間をさわがせているニュースを編集して紹介するブログで、みけねこ食堂の従業員についての記事も載っている。

内容は昨日のことだ。あのフランチャイズ店で杏が吐いてしまった件。

店内にいた何者かが投稿したらしいが、いかにもな単発アカウントなので素性がわからない。投稿された写真には、店にいる柊一と詩香と杏がしっかり映っていた。

内容は、ことさらに悪意的なものだ。ネットスラング満載で書かれたその内容を、意味を変えずにふつうの言葉で表記すると次のようになる。

『昨日、三ノ輪橋のつぶれかけの食堂の店員たちが、ライバル店に嫌がらせに来ていた。遠くからみていたが、下品なんてものじゃなかった。子どもにカレーを食べさせて、わざと吐かせて、従業員に難癖をつけていたのだから。三人の主犯のうち、男はちんぴら。つるんでいたのは暗そうな眼鏡女。子どもは、いかにも皆に嫌われていそうな鼻つまみ者タイプで、正直、親の顔がみたい。なあ皆さん、こういう底辺の連中には、高みから制裁を加える必要があるのではなかろうか？』

どういうことだ、と柊一は低いうめき声をあげた。

昨日の自分たちの行動と、ここに書かれた内容は齟齬《そご》がありすぎる。投稿は完全な悪意によるものだ。しかし、どうしてこんなことを……？

いつのまにか店にいた詩香もそばに来て、食い入るようにスマートフォンの画面を凝視していた。普段は理知的なその顔がみるみる蒼白《そうはく》と化し、硬くこわばっていく。

庭にいた杏もさわぎを察知して好奇心のおもむくままに近づいてきた。まずいと思ったのか、詩香が背中にさっとスマートフォンを隠す。

「どうしたの？」

なにも知らない杏が顔を不思議そうにかたむけた瞬間、詩香はひゅっと息をのむような音を立てた。直後に華奢《きやしや》な背中をまるめて、その場に屈みこんでしまう。

「詩香っ？」

つい名前で呼んでしまった。「逢沢さん！」

「へ、平気……だから――」

声はきれぎれでパニックになったように詩香は体を震わせている。どうみても平気ではないが、そこまでショックを受けるようなことだろうか？　どこか過剰な反応にも感じた。

だが不謹慎だと思った柊一は、すばやくその考えを頭から振りはらい、大声で家族を呼ぶと、皆で詩香を家のなかに運び、横にならせた。

祖母の京と父の竜也も、詩香のことは当然知っているから手厚く看病してくれた。そのせいか、まもなく詩香の呼吸は落ち着きをとり戻し、コップの水を飲めるようになったころには、小康状態になったようにみえた。

でも、そのかたわらで杏はこの世の終わりが来たような真っ暗な顔をしていた。皆が詩香を介抱するどさくさにまぎれて、スマートフォンの画面をみたらしい。

「わたしの、せい……」

ぽつりとそうつぶやくと、やがて杏は両手で顔をおおって泣き出してしまった。

「ちがう。杏はわるくない！」

柊一がいくら頭をなでても、背中をさすっても、杏は赤い顔でしくしく泣いたままだった。それどころか彼女はしゃくりあげながら、「わるいよ！　だって、そう書いてあった！」という。そこまでしっかり読んでいたのか。記事の内容を思い出した次の瞬間、柊一の胸の奥でスイッチが切りかわっていた。

「ばあちゃん、親父、あと悠司も、しばらくここを頼む」

「ちょっと？　どこにいくんだいっ、柊一！」

京が声を張りあげたが、ふり返らずに柊一は家を飛び出していた。


奥の事務室は、飲食店とは思えないほど瀟洒《しょうしゃ》だった。

ダークブラウンの重厚なデスクと、高級感のある革張りの椅子。本棚には英語のビジネス書がならび、壁際には銀色の金庫がある。

「今日はどうなさったんです？　昨日の件の謝罪なら、もうけっこうですが」

デスクに肘《ひじ》をついて手を組み、冷たい目を向けてくる壮年男性の言葉を、柊一はひと言で切って捨てた。

「とぼけるな」

フランチャイズチェーン、春海屋の店舗に駆けこんでオーナーに会いたいと従業員に告げると、意外にもすぐにこの部屋へ案内された。

つまりは柊一の来訪の意味を理解しているということだろう。だからこそ、まどろこしい前置きはいらないと判断し、単刀直入に柊一は切り出した。

「炎上させたの、あんただろ」

「と、いいますと？」

「しらばっくれんな。根も葉もない投稿して、自作自演で盛りあげやがって」

柊一はスマートフォンの画面を相手に突きつけて言葉をついだ。

「ぜんぶわかってんだよ。いますぐこれを消して、うちに謝罪に来い。杏も詩香もあんたとちがって賢いから、床に膝《ひざ》をついて謝ればたぶん許してくれるさ」

「ほう」

フランチャイズ店のオーナー、神崎は両目を冷たく細めた。「たしかにこの店の記事のようですね。しかし、なにを根拠に私が投稿したものだと？」

「おまえの目は節穴か？　書きこみの内容をよくみろ」

柊一は神崎の眼底を直視して告げた。「ここに『子どもは、いかにも皆に嫌われていそうな鼻つまみ者タイプで、正直、親の顔がみたい』って書いてる」

「それがなにか？」

「変だろ。大人の男女と子どもがひとり。この組み合わせで飲食店にいたら、ふつうは家族だと思う。現に従業員にもそういわれたし、俺も訂正しなかった。夫婦じゃないと説明した相手は、あの場ではあんただけだよ。つーか、俺が説明した直後にあんた、スマホをいじってたけど、無音で写真撮ってただろ？　アプリで音を消して」

柊一の指摘に、あきらかに神崎は驚いた顔をした。図星だったらしい。

だが、すぐに神崎はポーカーフェイスをとりつくろうと、予想外の言葉を放つ。

「なぜ私がそんなことをする必要があるんですか？」

「え？」

「ああ、勘違いしないでください。自分のしたことだと認めたわけではない。あなたがいま口走ったのは、ただの仮説であり、妄想だ。私のスマホを調べたりでもしない限り、なんの証拠もないだろう」

この場でとりあげて調べてもいいんだぞ、と柊一が迫らなかったのは、最初の質問の内容がひそかに気になったからだ。

たしかにおかしい。神崎はなぜ柊一たちや、みけねこ食堂を中傷する必要がある？　現状、このフランチャイズ店は繁盛していて、柊一たちの店と比較すれば順風満帆だ。あえてこんな嫌がらせをする意味があるだろうか。

「そもそも私は――」

ふいに神崎は立ちあがると、デスクを迂回《うかい》してゆっくりと柊一に近づいてきた。

冷えた目で眺めているうちにすぐそばに来て、間近で睨《にら》み合うような形になる。

かすかに木質の香水の匂いがした。柊一はかなりの長身だが、神崎も負けてはいない。表情のない顔を突きつけてくる神崎を前に、こいつはふつうのやつじゃないと、柊一は背中にわずかな汗をかく。

空気が張りつめ、その緊張感が限界に達する間際に神崎がいった。

「私は子どもが嫌いです」

「なに……？」

神崎は無表情でまばたきひとつせず、蜥蜴《とかげ》のような冷たい目を柊一に向けてきた。

「というより、子どもを傷つけるのが趣味なんです。若いうちに負った心の傷は、その後の人格形成におおきな影響を与える。そうやって、人と社会に影響を与えたい」

「おまえ——」

いい返そうとした刹那《せつな》、至近距離からさらに神崎が一歩前に出たので、柊一はぎょっとした。距離が近すぎる。なんだこいつは。ほんとうにふつうじゃない。

たがいの鼻先がぶつかりそうになり、柊一はつい後ずさる。

「怒らないんですか？　ここまでいわれても」

「なんだって？」

「舐《な》めてるんですけど」

そういうと神崎は冷笑した。「要するに私はあなたを馬鹿にしているんですが？」

嘲笑《ちょうしょう》的に鼻息を顔にかけられて、かっと柊一が頭に血をのぼらせたその瞬間、急に神崎の口調が変わった。

「怒れよ。悔しかったら怒ってみろ、このふぬけ！　馬鹿にされたから乗りこんできたんだろ？　そうとも。あの書きこみは私がした。同じことを口でもいってやろう。ちんぴら男と、根暗そうな眼鏡女。子どもはいかにも嫌われていそうな鼻つまみ者。どいつもこいつも底辺だ！」

「おまえっ！」

怒りが臨界点に達した柊一の前で、神崎はふいに左手を前に出すと、右手を握りしめて弓を引くようにうしろに引く。

「私なら、怒ったときは問答無用でこうしますが——ね！」

神崎は、体全体でひねりを加えた拳《こぶし》を思いきり柊一の顔へと放ってきた。

その拳を防ぐため、柊一が咄嗟《とっさ》に腕を前に出すと、絶妙のカウンターになる。いや、むしろ神崎は寸前で攻撃を止め、顔から突っこんできたようにも感じられた。

軽く前に出しただけの柊一の拳が神崎の鼻面にめりこむ。のけぞるように後方に吹っ飛んだ神崎はデスクに激突して、事務室に激しい衝突音が響いた。

「おいっ？」

柊一は背中に鳥肌が立った。「だいじょうぶか！」

駆けよって助け起こすと、神崎は鼻から血を流しながら口角を冷酷にもちあげる。

「あなたの店は……これでおしまいだ」

「なに？」

すかさず神崎はスマートフォンをとり出し、どこかに電話をかけはじめる。

「その電話は……」

「決まってるでしょう？　警察です。いわれのない暴力をふるわれた以上、しっかりと被害届を出さなくては。これであなたは前科者です」

やられた、と柊一は震撼《しんかん》した。

ずっと狙いが読めなかったが、やっとわかった。これが目的だったのだ。怒らせて喧嘩《けんか》を誘発し、警察沙汰《さた》にして、一方的な被害者を装うという〝知略〟。

それはたぶん、最初の時点から神崎の頭にあったのではないだろうか？

いまにして気づいたが、昨日この店ではじめて神崎に会った際、いまの一連のやりとりのなかで何度もみせた冷酷な微笑を、彼はたしかに浮かべかけた。

詩香が『ええ。みけねこ食堂で働いてます』と神崎にこたえたときだ。

あのとき神崎は不思議な感じにくちびるの端を動かし、すぐさま表情筋の力でそれを消してしまったが。

あれは笑いかけていたのだ。

いまのこの結果を思い浮かべての限りなく黒い笑み。こうやって前科の事実を無理やりつくりあげ、おとしいれることで、最悪の風評をつむぐ魂胆だったのだろう。

警察への電話を終えた神崎は、顔面蒼白《そうはく》の柊一に見下すような目を向けていった。

「『なぜ私がこんなことをする必要があるのか』？」

「えっ……」

「なんだ。もう忘れたんですか？　さっき私がした質問です」

正答を教えてやろう、と神崎は鼻から垂れる血を手の甲でぬぐってつづけた。

「特定市場における競合対策は、多大な利益をもたらす。競争相手をつぶして廃業させれば、その店の客はすべてこちらに流れこむんですよ。富める者はますます富み、貧しい者はさらに貧しくなるというわけだ」

飲食店というのは細かくジャンル分けされていて、そのなかでの勝者総どりの色が濃い世界。この町の食堂は、うち一軒だけあればいいと神崎はいう。

「前科者の店なんて、だれもいきたがりませんよね。せいぜい早くつぶれろ」

ふつうじゃないとは感じていたが、この男はある種の経営者の極点。利益追求のためならなんでもする損得勘定の化け物だ――。柊一は心底打ちのめされた。

「被害届を出されたって……？」

その日の夜、憔悴《しょうすい》しきって帰宅した柊一の話を聞くと、谷村家の人々はそう口にしたきり唖然《あぜん》となり、声も出せなかった。

あれからすぐに到着した警官の前で、神崎は「痛い、痛い！」と目から涙を流し、あざとさの極致のような名演技をみせ、柊一を絶句させた。

喧嘩に、こんな勝ちかたがあったとは。

その後、神崎は直行した病院で診断書を出してもらうと、迷わず警察に被害届を提出。これによって暴行罪より重い、刑法二〇四条、傷害罪を狙えるという。

本気で危機を感じた柊一は、任意の事情聴取で必死に真実を話した。

警官は、神崎と柊一のどちらの話を信じるか迷っていたが、証拠隠滅や逃亡のおそれはないと判断したようで、身柄を拘束せずに解放してくれた。くわしい捜査はこれからということになる。

かくして柊一はすっかり意気消沈して帰宅し、いま、家族に経緯を説明し終えたところなのだった。

話がよほど衝撃的だったらしく、居間には永遠にも似た長い沈黙が流れたが、最初にそれを破ったのは四男の珊瑚だった。

珊瑚はさらさらした繊細な髪をゆっくりとかきあげる。そして、貴族のように優雅なひと睨みを柊一にくれたあと、美しく身をひるがえし、畳に四《よ》つん這《ば》いになった。

直後に「あっは！」と声をあげて、ばんばん畳を叩《たた》きながら笑いはじめる。

「あーっははは！　超うけるぅ！」

意外な反応だった。

だが、ある種のありえない状況に直面した際の、これまたありえない反応に触発されたのか、ほかの家族たちも珊瑚と同様に、まさかの反応を示した。

緊張に耐えかねたというふうに、今度は突然良樹が噴き出す。

「……ぷーっ！　おっかしいっ！」

「なんでっ？」

けらけらと腹部をかかえて笑う良樹の前で、柊一は唖然としたが、隣にいた三男の悠司も、はじかれたように笑いはじめた。

「あはっ、被害届だって！　それはないよなあ」

そして皆は堰《せき》が切れたように笑い、突き抜けたようなあかるい声に谷村家は包まれた。皆の変な爆笑の渦のなかで、杏も首をかしげてにこにこしている。

「な、なんだよこれ……。どういうこと？」

柊一は憮然《ぶぜん》として口をとがらせた。「笑いごとですむことか？」

「そんなわけないじゃない」

畳を叩いて爆笑していた珊瑚が、突然ひややかな真顔になって立ちあがった。

その豹変《ひょうへん》の早さに呆気《あっけ》にとられつつ、「お、おう」とこたえる柊一の前で、珊瑚は端整な顔をこれみよがしにゆがめて舌打ちする。

「もう笑うしかないって意味で笑っただけ。それくらい由々しき問題だよ」

柊一はうなだれた。「だよな……」

「おめでたいにもほどがあるっての。そんな三流エリートにまんまとのせられて。うちの顔に泥をぬるような真似はやめてほしいんだけど」

「すまん。ほんとに返す言葉もない」

だが、あの男はとても三流という感じではなかった。やり方はともかく、普通の者とは一線を画した、異形の理性の持ち主だ。やりあえば、たぶん珊瑚でも荷が重い。

「……頭痛のタネを増やしてくれたもんだ」

父の竜也が貫禄《かんろく》のある体をまるめて、憂鬱《ゆううつ》そうに頭を抱える。最近は少し快活さをとり戻したようにみえていた父だが、これでまた坂の下に逆戻りかもしれない。

まるでお通夜のように谷村家の居間は静まり、皆がうつむいた。

料理人が警察沙汰を起こしたとなれば、店の評判は地に落ちるだろう。ただでさえ客入りが思わしくなく、売上も厳しいいま、ほんとうに廃業を余儀なくされるかもしれない。長男の零も帰ってこないし、ライバル店は容赦がないし、このまま収入を得る手段を絶たれたら、自分たちはどうなってしまうのだろうか。

そんな重苦しい雰囲気を破ったのは、少女の凜《りん》とした声だった。

「柊一は、いつもわたしのためにがんばってくれてるよ」

「えっ？」

畳にすわって頭を押さえていた柊一のもとに、杏がとことこ近づいてきて、背中にぎゅっとしがみついた。胸が切なくなるくらい、やわらかな手の感触。ちいさい子の甘いような匂いがして、心臓の音が背中ごしに伝わってくる。

その状態でささやくように、ありがとう、と杏はいった。

「怒ってくれてありがとう。やっぱり柊一はわたしのヒーローだよ」

刹那《せつな》、柊一は涙腺《るいせん》が熱くなり、なんて聡明《そうめい》な子なんだろうと思った。

今回の件でどうしても許せなかったのは、神崎が子どもの心を踏みつけたことだった。具体的にはネットの記事の内容――『子どもは、いかにも皆に嫌われていそうな鼻つまみ者タイプ』というくだり。

谷村家にひとり預けられたいまの杏に、その言葉がどれだけこたえることか。

絶対に許せなかった。

杏のことだから怒りに拍車がかかったものの、最終的にはだれの子どもでも関係ないと柊一は思う。なぜなら大人には、子どもを守る義務があるからだ。

下町育ちの柊一は、幼いころから近所の大人たちにかわいがられ、いたずらがすぎた時はしかられてと、なんだかんだで皆に見守られて育った。

そう、彼らは無償でやさしくしてくれた。

なんの見返りもなかったのに。なんの経済的メリットもなかったのに。

現代には合わない価値観かもしれないが、柊一自身は大人になったいま、幼いころに自分がしてもらったことを、できるだけ子どもたちに返してやりたいと思っている。

だからこそ、子どもも平気で傷つけるような神崎のやり口には我慢できなかった。

「いいって、べつに」

柊一はそっと杏に語りかけた。「これくらいで負けやしねぇよ。心配すんな」

この子は俺が絶対に守らなければならないと、柊一は心のなかで決意を固める。

柊一の背中にしがみつく杏の姿をみているうちに、谷村家の家族たちにも伝わるものがあったのか、もつれて重く沈んでいた空気が次第にほどけていった。

やがて珊瑚がすらりと立ちあがって口を開く。

「……まぁ、そうはいっても前科がつくのは望ましくない。こんなせこい事件、警察だって乗り気じゃないよ。捜査が進む前に、さっさと被害届をとりさげてもらおう」

柊一が思わずきょとんとすると、珊瑚はそっぽを向いて気だるげにつづけた。

「いっておくけど、兄貴のことは一ミリも心配してない。俺が案じてるのは、あくまでも店。家族としても肩身が狭いからね」

「ああ、たしかに……」

「いいからさぁ。早く先方に謝罪の電話かけなよ」

珊瑚がいうには、神崎も後ろ暗いことをしているわけだし、この件での告訴はない。弁護士こみで正式に法廷で争えば、勝てるとは思っていないのではないか。だから、その旨をうまくちらつかせれば示談にもちこめるはずだという。

さすがは現役大学生。専攻は経済学だが、文系だけに幅広い分野の知識があるようだ。早速、柊一が電話をかけて謝りたいと告げると、神崎は勝ち誇った口調ながらも、それなりにまともな応対をしてくれた。

「まあ、私も鬼ではないのでね。謝罪したいというのなら、ご自由に。明日の正午きっかりに店のほうに来てもらえますか？」

そちらの誠意しだいでは、被害届をとりさげてもいいとまでいう。

光明がみえた気がした。電話を切ったあと、柊一はすぐに菓子折を買いに走った。

6

翌日、店は臨時休業にした。柊一は約束の時間の少し前に家を出ると、菓子折を手に神崎の店へと向かった。

詩香もいっしょだ。被害届の件を聞くと、彼女は双眸《そうぼう》に強い意志の光をにじませ、ついていくと主張したのである。

「もとを辿《たど》れば、わたしにも責任がありますから。同行します！」

詩香を巻きこむようで柊一は気が引けたが、彼女は彼女で、代わりに怒ってもらったとでも感じているのか、頑として譲らない。

最後は「ついてきてもらいなよ。兄貴ひとりでいくより安心だし」という珊瑚の後押しもあって、彼女も来ることになったのだった。

ほんとうは杏もいきたがったが、神崎の前にはどうしても立たせたくないので、今回は留守番を頼んだ。とにかく、この件を早く片づけて安心させたい。

神崎の店は家から歩いて五分弱。その道すがら、隣を歩く詩香がぽつりといった。

「柊一さんって変わらないですよね」

「え？」

「なんというか……子どものころから、わりとひとりで突き進みがち。でも、友達が困ってるときは助けずにいられなくて、率先して飛びこんでいったりもする」

詩香はわずかな逡巡《しゅんじゅん》の間をはさんでから、言葉をついだ。

「それって、なんか損な性格じゃないですか？」

どういう意図での質問なのかわからず、柊一は「かもしれない」と短く返した。

「気をつけたほうがいいですよ。柊一さんは、もっと自分を守ることも考えたほうがいい」

「……逢沢さん？」

「物理的なことに限らず、キャリアとか評判とかもふくめて、包括的に。世間にはいろんな人がいますから。つけこまれて、転落したときに後悔しても遅いです」

詩香が口を閉ざすと沈黙が降ってきた。それからしばらく無言で歩く。

柊一が言葉を失っていたのは、どう対応するべきか迷っていたからだ。

彼女のいまの言葉の裏には、なにか隠されたものがあると直感がいっていた。確証はないが、おそらくは、彼女の変貌《へんぼう》にかかわる事情なのではないだろうか。

「あのさ。その話、あとでまたちゃんと聞かせてもらってもいいか？」

立ち止まると、柊一は詩香に顔を向けた。「それ、こんなときに、こんな路上ですませていい話じゃない気がする。いや、単に俺の考えすぎなのかもしれないけど」

はっとしたように詩香はきれいな目を見開いた。

やがて、こくんと短くうなずく。「わかりました」

「ん。とりあえず、面倒なことを終わらせてこよう。話はそのあとで」

ふたりは足早に歩きつづけて、まもなく神崎の店の前に着いた。

立ち止まった柊一と詩香が思わず顔をみあわせたのは、店に入っていく大勢の客の姿をみたからだ。すごい盛況ぶりだった。

どうも今日はなにかイベントが行われているらしい。入口の前に置かれたブラックボードの立て看板に、『本日、正午から一時間だけ全品半額！』と書いてある。このことをぜひSNSで話題にして、盛りあがってほしいとも。

きな臭い香りに眉《まゆ》をひそめて店内に足を踏み入れると、待ち構えていたように神崎があらわれた。

ひややかな笑みを満面に浮かべて神崎はいう。「話はここでうかがいましょう」

「え、ここで？」

思わずとまどった。いま柊一たちがいるのは入口をくぐったばかりの場所だ。

事務室でも、どこかの席でもなく、この場で立ったまま？

たぶんここは店内で、もっとも目立つ場所だろう。実際、好奇心むきだしの視線をひしひしと感じるが、なるほど、そのためにわざわざ客を集めたのかと気づいた柊一は、わきあがる憤懣《ふんまん》をこらえて低い声で切り出す。

「……お忙しいところ時間をちょうだいしまして、まことに申しわけございません。

それで、昨日の件についてなのですが」

「被害届の件ね。ええ、とりさげてもいいですよ、あれは」

神崎があっさりとそういうので、柊一は目をまるくした。「ほんとですかっ？」

「はい。ただし、この場で反省の意を示してほしい。だれにでもわかる形で」

「形……？」

「床に膝《ひざ》をついて謝れ」

神崎は邪悪な口調でそう告げた。

「あなた、先日いいましたよね？　あなたのところの子どもや、そちらの女性は、私とちがって賢い。だから、床に膝をついて謝れば許してくれるって。その言葉をそっくりそのまま、お返ししたいわけです」

柊一は絶句した。なんだこいつは。偏執的かつ、異様な性格のわるさだった。

私も鬼ではないと昨日の電話ではいっていたが、だとすれば悪魔だろう。

「どうです？　やるんですか、やらないんですか？」

冷笑して神崎はつづける。「あるいは私を殴ってみるか？　このふぬけ野郎」

かっと怒りの針が振り切れそうになったが、柊一は必死に奥歯を嚙《か》んでこらえる。

ここで激昂《げっこう》するわけにはいかない。いまの自分には、プライドよりも大切に守り抜きたいものがある。

そう腹をくった刹那《せつな》、ふいに冴《さ》えたひらめきが瞬間的に頭を駆け抜けていき、はっとした。そういうことか——。いまや、すべてを理解した柊一は静かに口を開く。

「謝るさ」

「なに？」

「これでいいんだろう？」

柊一はさらりと床に両膝をつくと、両手を左右の太ものの上にのせて、「大変申しわけありませんでした」とあけっぴろげに頭をさげた。

そんな柊一の前で、神崎はぴたと口をつぐみ、不気味にたたずんでいる。その表情は冷酷ながらも、先ほどまでのどこか勝ち誇った笑みは完全に消えていた。

魂胆が見破られたことを知ったのだから、当然だろう。そう何度も同じ手に引っかかってたまるか、と柊一は心のなかで舌を出す。

というのも、ここで怒らせるのがむしろ、神崎の作戦の本命だったからだ。

被害届は出したものの、もともと神崎はあの程度の事件で人を犯罪者にしたてあげることには無理があると考えていたのだろう。もちろん、うまく運べばそれに越したことはないが、怪我を「させられた」顔もすでにほぼ元通りだし、医師の診断書にも大したことは書かれていなかったはずだ。

あれはあくまでも第一ステップ。

彼はいくつかの段階を踏んで、こちらを転落させるつもりだった。

だからこそ、第一ステップのことで謝罪に来た柊一に、予想もしない理不尽を突きつけて怒らせる。その第二ステップで再度手を出させることで、かき集めた大勢の客に暴行の目撃者になってもらおうとした。

そうすれば、今度こそ柊一はいい逃れできない犯罪者にさせられて、その様子は客の手で盛大にSNSで拡散されるだろう。だからみけねこ食堂と、そこに集う人たちを守るためにも、いまは頭をさげるしかない。

もちろん、こんな男に謝罪するのは本音をいえば願い下げだ。

でも、視点を神崎のほうに変えてみてみよう。本来のたくらみを見抜かれた神崎が唯一いまできるのは、客の前で柊一に屈辱を与えることだけ。それだけなのだ。

これで柊一がプライドを叩《たた》き折られて立ち直れず、町から逃げ出すほどの状態に追いこまれれば、神崎的には万々歳なのだろうが、あいにくそれほどやわじゃない。

「このたびはまことに申しわけございませんでした。……もうこれくらいで理解できたんじゃないのか？」

おまえの意図はみえみえだ、と柊一が瞳《ひとみ》で語ると、そのことを察した神崎は、詩香の手から菓子折をぱくっと乱暴に引ったくった。

「被害届はとりさげましょう。せいぜい感謝してください」

ふり返りもせず、神崎は冷然と店の奥へと歩き去った。

7

「だいじょうぶですか」

帰り道、口数すくなく歩きながら、ふいにそう尋ねてきた詩香に、「なにが？」と柊一は仏頂面で訊《き》き返した。

なにがって、さっきのことに決まってるじゃないですか、と詩香は小声でいう。

「傷つきましたよね、やっぱり」

否定はできなかった。神崎に頭をさげたのはあくまでも次善策であり、決して最良策ではない。消化しきれない苛立《いらだ》ちまじりの屈辱感はまだ胸に渦を巻いている。

「少し寄り道していきませんか？」

そんなふうに詩香にいわれ、とくに断る理由もみつからずに柊一はうなずいた。

都電荒川線の駅をすぎて商店街の長いアーケードの下を進んでいく。すると途中の瑞光《ずいこう》小学校につづく道に沿って、細長い瑞光公園がある。

ここは柊一や詩香が昔遊んだ素盞雄神社の瑞光石の光をテーマにした公園で、それほど広大ではないが、遊具や水飲み場があったりする、近所の人の憩いの場だ。

ならんで椅子に腰かけたが、柊一の背中は若干まるくなる。無言の時間をしばらくすごしたあと、唐突に詩香がいった。

「わかります」

「えっ？」

「いまの柊一さんの気持ち。わたしにも似た経験があるから」

　こころもち目を伏せて、ためらいがちに詩香はつづけた。

「善意に悪意を返されて、理不尽な目にあったことがあるんです、わたしにも。地元に帰ってきたのもそのせい。なんだか少し、人間不信になってしまって」

　さっきの話のつづきらしい。

　そう、詩香の身になにがあったのか、ほんとうはずっと気になっていた。訊きたかったが、彼女を傷つけるのも本意ではなくて先送りにしていた。

　でも、いつかは知る必要がある。「……話してくれるのか？」

　姿勢はそのままで黒目だけを柊一がむけると、詩香の横顔がそっとうなずいた。

「ええ、よくある話かもしれませんけど」

　そして詩香は静かに息を吐くと語りはじめたのだった。

「わたしが大学を出たあと、銀行に就職した話は知ってますよね」

「もちろん。出海銀行だよな。まあ、俺は口座もってないけど」

「けっこうよかったんです、営業成績とか。上からの評価もわるくなくて、仕事は厳しいけど、やりがいもあって。天職だと思っていました。でもあるとき、ふと重大なことに気づいてしまったんです」

そこでいったん話が止まる。詩香はあきらかに先を語るのを躊躇《ちゅうちょ》していた。

柊一が無言でじっと待っていると、やがて意を決するように下くちびるを噛み、彼女は予想外の言葉を放つ。

「横領」

柊一の体は一瞬こわばった。「えっ？」

「同僚の女性が、横領していたことに気づいてしまったんです。高齢の年金生活者にとりいって、だまして証書を預かって……」

わりとありがちな手口ではあるんですけど、と詩香はささやくようにいった。

「しかもわたし、その彼女と仲のいい友達だったんです。ずば抜けて頭のいい人で、新人時代、困ってたときに何度も助けてもらいました。友情だけじゃなく、恩もあったから、どうするべきか本気で悩んで……。悩んだ末に、彼女と一対一で話したんです。いまなら自分しかこの件に気づいてない。とにかくお金を戻してって」

「それはつまり――」

「ええ。できれば表沙汰《おもてざた》にしないで、なんとかしたいと思ったんです。でも、結果的にはその選択があだになりました」

詩香の友人のその女性は、着服金をもとに戻すと、横領の証拠がない状態を巧妙に整えたあとで、逆に、詩香を匿名で告発したのだという。

柊一は眉《まゆ》をひそめた。「告発って……内容は？」

「妻子ある人との恋愛。ひらたくいえば、不倫しているって」

思わず柊一は息をのんだ。その反応をみとがめたように詩香は細い眉をよせる。

「もちろん、根も葉もないうわさですからね？　でも、でっちあげのメールが大量に出まわって、社内に居場所がなくなってしまった。彼女のしわざだと薄々わかってはいたんですけど、決定的な証拠がつかめなくて」

とにかく頭のいい人だったんです、と詩香はさびしそうにうめいた。

「正直、そのときは、友達に裏切られたことと職場での孤立のせいで、神経がまいってしまっていた。陰湿ないじめにあったりもして、だから……どうしても退職せざるを得なかったんです」

ネットで例の嫌がらせの記事をみたとき、詩香がパニックを起こしてしまったのも当時と状況が似ていたからだという。

でっちあげの虚偽が真実にすりかわっていく恐怖をまざまざと思い出したらしい。たしかにあのときは、詩香にはわるいが、どこか過剰な反応にも思えた。でもまさかそんな重い事情があったなんて——。いたましさに柊一は胸がつまった。

「ああいうとき、だれにも信じてもらえないことほど苦しいことってないですよね」

詩香はぽつりとこぼして視線を地面に落とした。

「その理不尽さを打ち破りたいのに味方はいない。だれも理解してくれない。今回のことも同じでしょう？　大勢の人の前であんなこと……理不尽すぎる。だからわたし、柊一さんの気持ちはわかるつもりなんです」

そうか、と柊一は切なく考えた。そんな過去があって、詩香は変わったのか。

友人に裏切られ、好きだった仕事と職場を奪われたことで、前向きな精神に影が落ちた。夢を損なわれて帰郷し、みけねこ食堂で働きはじめて、三年の月日が流れた。

こうして話せるということは、いまは詩香の心の傷も多少ふさがったのだろう。でもたぶん、人生の空白地帯みたいな心理状態は、まだ地味につづいている気がする。

いまも詩香は夢を失ったままなのだろうか。取り戻せたとしたら、それはなんだろう。きみはいま、どんな未来を目指しているんだ……？

無理をすることはない。柊一は願うようにそう考えた。

傷ついた翼が癒えるまで、詩香は望むだけ、好きなだけ店にいればいい。みけねこ食堂は、それが許される店だ。柊一は胸中で、力の限りそのことを保証する。

「ありがとな、逢沢さん。話してくれて」

人にあまり告げたいことではなかっただろう。それなのに、柊一のために彼女は苦しい過去を語ってくれた。その気持ちがいま、不思議なくらい心にしみる。

気づけば口に出していた。「だけどさ、俺なら信じる」

「えっ？」

詩香に不思議そうな瞳《ひとみ》を向けられて、先走ったことを柊一は悟ったが、この際、いえることだけでも伝えておこう。

「いや、さっきの銀行での話。だれがどんな嘘八百をならべても俺は気にしねぇよ。むしろ、この人はそんなことしないって抗議する。根拠を訊かれたら、だって子どものころからよく知ってるからって、いい張るね」

「柊一さん」

心なしか詩香はほんのり頬を染め、直後にずり落ちてきた眼鏡をあわてて直した。それから、なぜか怒ったようにくちびるをとがらせて、意外なことを口走る。

「だったら昔みたいに、ちゃんと名前で呼んでくれません？」

意表をつかれ、えっと言葉につまる柊一に「ずっと気になっていたんです」と詩香は少し紅潮した顔を威嚇的にぐっと近づけてきた。かすかにいい香りがする。

「なんでわたしのこと、逢沢さんって呼ぶんですか？　昔みたいに詩香でいいじゃないですか。それじゃだめなんですか？　他人行儀に苗字《みょうじ》で呼んでおいて、子どものころから知ってるなんていわれても、説得力がないんですけど」

「え……。いや、だって」

詩香はすました声で先んじた。「弟さんたちはみなさん、詩香さん、って呼んでくれてます」

柊一は目をしばたたき、もしかしてずっと気にしていらっしゃったのだろうか、と考えた。ひとまず「あのさ……」と髪をかきまわしながら気になる点を指摘する。

「なんでいきなりそんな話になってんだ？　いやまあ、それはいいとしても、そっちだって俺のこと、さんづけで呼んでるじゃねえか」

「わたしはもう大人だからいいんです」

いいのか。

どういう理屈なのかと柊一は首をかしげるが、先まわりするように詩香はいった。

「いつも礼儀正しくしていたいお年頃ですから。でも柊一さんはちがうでしょ」

「ああ……。まあな」

流れで、ぶっきらぼうに返答してから、「いや、俺だってそういうお年頃だよ。もうすぐ三十だよ！」とあわててつけ加えた。

うまく柊一をのせた詩香は、口を押さえて控えめにくすくす笑っていた。

そんな彼女を眺めながら淡く微笑み、大人だからさ、と柊一は胸中でつぶやく。

大人だけど大人じゃないから、そして詩香のことを意識していたから、不自然に距離をとって苗字で呼んでしまった。好意と態度の不自然さは概して比例する。弟たちは彼女にとくべつな気持ちがないから、昔と同じ名前呼びなのだろう。

「でもまあ……もう子どもじゃないんだ。呼び捨てするのも節度としてあれだろ。ただ、苗字で呼ぶのはもうやめる。——なあ、詩香さん」

すると詩香はいたずらっぽく笑い、一瞬きらりと白い歯がのぞく。それは再会後の彼女がはじめてみせる、昔の潑剌《はつらつ》とした面影を宿した笑顔に柊一にはみえた。

「なあってなんですか、柊一さん？」

「感動詞とか間投詞ってやつだな。それより帰ろう。腹が減った」

彼女はふわりと両目をやさしく細める。「くいしんぼ」

「そういうタイトルの漫画があったら、俺はたぶん主役をはれる」

いま、ほのかに胸があたたかいのは、とくべつな時間を共有したせいなのかもしれない。午後の澄んだ陽光の下、満ち足りた気分で柊一たちは公園をあとにした。

8

「柊一、ごはんができたよっ」

自室に杏がぴょこんと飛びこんできたことで、柊一は我に返った。

帰宅後、皆に経緯を説明して安心させたあと、ずっと部屋で考えを整理していた。

とにかく、今日はいろんなことがありすぎた。

詩香との距離が縮まり、被害届もとりさげてもらいと、一見いいことずくめだが、後顧の憂いがなくなったわけではない。いまはたぶん、束の間の小休止。

同じ商圏内の食堂をつぶせば客を総どりできるという、あのゆがんだ地政学と利益至上主義にもとづき、いずれまた神崎はなにかしてくるだろう。こちらにも奥の手はあるが、できればそれを使う前に――。

「柊一、早く早くっ」

妙に機嫌よさそうに杏が急《せ》かすので、柊一は首のうしろをかいて立ちあがった。

「はいはい、承知しましたよ、お嬢さま」

そういえば空腹だったことをいまさらのように思い出し、杏とふたりで階段をおりていくと、居間には意外な光景がひろがっていた。

畳の上にすわり、ひろびろとした食卓を囲む顔ぶれが、いつもよりひとり多い。

「どうも……」

座卓の上座で、詩香がいくぶん照れたように会釈した。「今夜はカレーです」

彼女をはさむ形ですわっている父の竜也と祖母の京は、いたって平然とした顔だ。

柊一がぽかんとしていると、次男の悠司が広い肩をすくめて、やさしく微笑んだ。

「兄貴、子どものころカレーが好きだったよね？　なんというか、本格的なインドカレーじゃなくて、ごはんとカレーが同じ皿に盛られてる……」

「いわゆる日本風のカレーライスな。いまも好きだけど？」

「よかった。プロの料理修業で好みが変わってないか、少し心配だったんだ」

「味の好みなんて、そう変わんねえよ。で、どういうわけ？」

仏頂面で尋ねる柊一を、末っ子の良樹が前髪を指でななめに流して見上げてくる。

「兄さんが落ちこんでるんじゃないかと思って」

「え？」

「こういうとき、元気を出してもらうには好物がいちばん。だから詩香さんを呼んで、みんなでカレーをつくったんだ」

珊瑚が流麗な顎《あご》のラインをなでながら気だるくつけ加えた。「暇つぶしにねぇ」

こいつら、と柊一は思い、ぐっと胸にこみあげてくるものを感じる。

なつかしい――。

幼いころ、兄弟のだれかが気落ちしているのに気づいたら、母に頼んでその人を元気づける好物をつくってもらったことがよくあった。いまそのことを思い出した。

やっぱり家族なんだな、と柊一は胸をつまらせる。日々が過ぎ去り、多くのことが変わってしまっても、根底にあるものは変わらない。

そう、自分は帰ってきてからずっと、ひとりですべてを解決しなきゃならないと思いこんできた。でも、そうじゃなかった。むしろもっと家族を信頼し、協力をあおぐべきだった。なぜなら兄弟たちは、いまも昔と変わらず、自分の後ろでこんなふうに支え、励まし、苦しいときには勇気づけてくれる。

西麻布のマンションに良樹が訪ねてきたとき、家に帰ってきてほしいと頼まれて、どこかほっとした自分がいたが、その気持ちに素直になるべきだったのだろう。

自分は必要とされている。だからこそ単独で奔走するのではなく、皆を必要としなければならない。支え合い、家族一丸となって進んでいかなくては。

「……ありがとな」

ずっと感じていた家族のあいだの溝が、波が引くように薄れていく感じがした。

皆がほんのり微笑むなか、詩香がごはんとカレーを皿によそい、福神漬けを脇にのせて、それが家族全員にいきわたる。

「いただきまあす！」

食前の挨拶《あいさつ》をして、座卓についた皆がうれしそうにスプーンを手にとった。

カレーをすくい、ぱくっと口にふくんだ柊一は瞠目《どうもく》する。香ばしいような複雑な匂いと、ひろがりのある味の奥行き。これはあれだ。

「昔つくってくれた、あのときの――」

はっと詩香は頰を片手で押さえると、やっぱりおぼえてたんだ、とつぶやいた。

「香りとコクが深いカレー……。おぼえてるぞ。なにか混ぜると、こんな風味になるっていってたっけ。で、正答は結局教えてもらってなかった気がする」

あれ、と詩香は細い首をかしげた。

「そうでしたっけ？　べつに、もったいぶることでもないのに」

「ん、あのときは秘密だっていってた。いまさらだけど、種明かししてくれよ」

すると詩香は尻込《しりご》みするように口もとに拳《こぶし》をあてる。「でも、プロの柊一さんに話すことでもない気が……。わたしのこれは、あくまでも素人料理の範疇《はんちゅう》ですし」

たしかに現在の柊一はその内容を知っている。でも、素人とか玄人といった事情と無関係に、詩香の口から教えてほしい。

「訊《き》きたいんだ。俺にとっては、大事な思い出のカレーだから」

「……そうですか」

詩香はどこかまぶしげに微笑むと、やおら立ちあがって小走りに台所へむかった。

まもなく戻ってきた彼女の手には、ガラスの密封びんが握られており、内部には残りものとおぼしき黒い液体が少量入っている。

「基本的には、これを入れただけです」

「ガストリックだよな？」

「ええ。長くなりますが……語っても？」

「お願いするよ」

詩香は、黒い液体が入ったガラス瓶を座卓の上にことりと置いた。皆の視線が集まるなか、眼鏡のフレームをくいっと押しあげて、「では」と語りはじめる。

「いま柊一さんがいいましたけど、これはガストリックといって、フランス料理などで使われる調味料です。つくりかたはかんたんで、お砂糖とお酢を五対一の比率で、強火で煙が出るまで煮つめるだけ。この黒いソースを、あめ色になるまで炒《いた》めた玉ねぎに混ぜて、それからカレーのルウを入れて軽く煮ました。お肉や、ほかの野菜はそのあとで投入して、本格的に火を入れた感じです」

「ふうん。じゃあ、ほんとにこの黒いソースだけがポイントなんだね」

良樹がカレーをほおばりながら言葉をついだ。

「でも詩香さん、どうしてこれを入れるだけでカレーがおいしくなるの？　材料は、砂糖とお酢だけなんでしょ？」

「化学反応が起きますから。メイラード反応です」

これは加熱で食品を茶色く変化させることであり、その過程で強い香りや苦味や香ばしさを発生させる——いわゆるカラメル化と似た反応だと詩香は語った。

カラメル化は、糖分のみの加熱で起こる。

メイラード反応は、糖分とアミノ酸をいっしょに加熱することで起こる。

アミノ酸はタンパク質を構成する成分。だから、たとえば肉を焼くと茶色くなるのもメイラード反応だ。肉のなかの糖分とアミノ酸が加熱で化学反応を起こし、茶色くなっておいしくなる。

あめ色玉ねぎがおいしいのも同様の仕組み。玉ねぎに含まれる糖がカラメル化して茶色く甘くなり、さらに野菜内のアミノ酸とメイラード反応も起こす。

酢は、黒酢やもろみ酢などがアミノ酸をとくに多く含んでいるが、それを砂糖と熱することでメイラード反応が起き、この黒いソースのような調味料——ガストリックができるのだと詩香は説明した。

「メイラード反応によって、いろんな風味の化学物質がたくさん生じます。それがこのカレーに、深いコクや複雑な香りを与えているんです。つまるところ、細かい雑味がいっぱいあって、そこからいろんな種類の栄養がとれるということですね。人は、有益かつ多様な栄養素を含むものを、おいしいと感じる傾向があるんです」

そこまで語り終えた詩香はそっと息を吐き、「……すみません、また長々と語ってしまって」といまさらながらに照れてうつむいた。

「いやいや、マジでわかりやすかったよ。さすがは詩香さん、サンキュな。でも冷めちまうから、そろそろ食べよう」

「ええ」

そして詩香も含めた谷村家の人々は、あらためてカレーを食べはじめる。

食欲をそそるスパイシーで華やいだ香りに鼻をくんくん動かし、柊一はスプーンで白いごはんをすくった。

詩香のカレーは野菜がちいさめに切ってあり、カレーは適度なとろみがありつつも水気たっぷりだから、ごはんにからめやすい。スプーンの上で、カレーソースをかけた状態のごはんを柊一はひょいと口に運ぶ。

刹那《せつな》、かあっと口中にひろがる、あの熱いカレーの味。なによりもまず先に、刺激が舌に飛びこんでくるのがいい。

そして、なめらかなカレーソースの味が染みわたったごはんを噛《か》むと、口のなかで南国のしょっぱさが米の味と混ざり合い、口当たりがよくなる。ソースのなかに見え隠れする、すっぱさと苦味も一体となり、複雑ないろどりをかもし出す。

そして少し遅れて濃厚な辛味が、ふたたびじわじわと口のなかに充満していき、刻一刻と変化する万華鏡のようなカレー体験をぴりりとまとめるのだ。

今度は具をすくい、豚肉を嚙む。歯と歯のあいだでつぶれた繊維から、動物性の旨《うま》味《み》がじゅわっと出てきて、濃厚なうまさをカレーソースに加える。ほくっとしたじゃがいもの食感もまろやかで、アクセント的にうれしい。

「……うまいっ！」

力強く柊一がうなずくと、詩香はくすっとうれしそうに笑った。

不思議だ。食べるほどに食欲が促進されて、どんどんスプーンの動きが速くなる。鼻孔から香ばしいカレーの匂いが流れこみ、その匂い分子は口から入りこんだ分子と体内で一体となって、熱く気分を盛りあげていく。体もほんとうに熱くなる。からい。熱い。うまい！

はふはふと矢継ぎ早にカレーをかきこみながら、野性的な気分で柊一は思う。

カレーを食べるというのは、快感を体じゅうで味わう行為だ。もう止まらない。

京も竜也も悠司も珊瑚も良樹も、なにかに憑《つ》かれたような食べっぷりだ。

「おかわりっ！」

杏が空になった皿を元気に詩香へ差し出した。「詩香のカレー、おいしいね。なんか元気が出てくる！」

よっぽどお気に召したらしい。えびす様のように目を細めて、杏ははじけるくらいうれしそうな笑顔だ。みていてなぜか切なくなるくらい、無邪気に喜んでいる。

詩香もガードを解いた無防備な笑顔を浮かべていた。

「ありがとう。いっぱい食べてね、杏ちゃん」

「うん！」

おかわりが盛られたカレー皿をちいさな両手で受けとると、杏は「このカレーは辛味がちょうどいいから、いくらでも食べられる！」とうれしそうにいった。

たしかにそのとおりだと柊一は思う。あのときとちがい、今回は杏も最後までおいしそうに食べることができている。この笑顔を守りつづけなければ――。

そう、このしあわせをくもらせることは今後決してさせないと柊一は心に誓った。

新しい和風スイーツ

1

谷村珊瑚がどのような人物か、彼を知る者はこう表現する。

いわく、谷村五兄弟の四男。二十一歳の大学生で、将来ＭＢＡを取るために経済学部で勉強中。頭もいいが、顔はもっといい。きっと性格もそうなのではないか？

遺憾ながら事実はまったくの逆だ。珊瑚の性格は、容姿とは対照的に屈折していて皮肉っぽい。

昔からである。たとえば中学時代にこんなことがあった。

珊瑚が中学一年生だった当時、クラスでいじめに似たことがあったのだが、彼は積極的にいじめられている子へ接近し、しあわせなクリスマスの仔犬《こいぬ》のように仲よくしたのだという。

それだけ聞けば美談だ。しかし、ずば抜けた文武両道の美男子が、これみよがしにそんなことをすれば、クラス内の序列はこわれる。

教室内カーストというのは、生徒が暗黙裡《あんもくり》に従うべきだと思いこんでいる中世の村社会のしきたりみたいなもの。さして根拠も意味もないが、それがなければ村は人間関係の力学の安定を失う。

結果的に珊瑚のクラスには、無秩序のモンスーンが吹き荒れた。

いじめの標的が変わったら、またそちらへ移動してと、珊瑚がついたグループが必ず覇権を握るから、生徒間の勢力バランスはつねに安定しない。だから、いつもぴりぴりと緊張した、ロシアの深い森のように不穏な空気が教室に流れる。

いじめはないが、団結もない、混沌《こんとん》としたクラスを珊瑚はつくりあげたのだった。

「なあ珊瑚くん……なんでこんなことする？　そんなにクラスからいじめをなくしたかったのか？」

あるとき、クラスの委員長に呼び出されてそう尋ねられた珊瑚は「そんなわけないじゃん。おもしろいからだよ」と八重歯をみせて微笑んだ。

「想像力を働かせてみなよ。目の前に愉快なおもちゃが大量にころがってるとき、きみはそれで遊ばずにいられる？」

弄《もてあそ》んでしまうでしょ？　珊瑚はそういって両手でハートマークをつくったという。

そんな、ひと癖もふた癖もある性格の珊瑚だから、一家の危機に際しても素直に協力するわけがなかった。

「忘れんな、柊一。この塩梅《あんばい》だ」

「しょうゆが四、みりんが三、砂糖が二、水が一だろ。わかってるよ」

みけねこ食堂の厨房《ちゅうぼう》では、火にかけた寸胴鍋《ずんどうなべ》におたまでしょうゆを継ぎ足す柊一を、父の竜也と祖母の京が真剣に見守っていた。

きりっと背筋をのばした京が、湯気を立てる寸胴鍋へ視線を移していう。

「この割下は、鷲介さんが修業した浅草《あさくさ》の老舗《しにせ》から分けてもらったものでね。ずっと継ぎ足して使ってるんだ」

鷲介というのは亡くなった京の夫。みけねこ食堂の初代店主のことである。

「いわば秘伝のタレならぬ、秘伝の割下だね。当面おまえにまかせるよ、柊一」

京の言葉の重みを噛みしめ、柊一は首を縦にふる。「ああ、まかされた」

割下というのは割下地のことで、しょうゆや酒や砂糖など、さまざまな材料を加えて煮立てた、あわせ調味料を意味する。

本来はすき焼きなどの鍋物に使われることが多いが、みけねこ食堂ではカツ丼や親子丼といった丼物、またオムライスなどにも隠し味として使っていた。

店の味になくてはならないこの割下は、定期的に火にかけて殺菌し、材料を継ぎ足して補充する。その加える材料の比率を柊一は竜也から伝授されていたのだった。

「教えることはまだまだある。根をあげるんじゃねえぞ」

「あげねえよ、そんなもん」

柊一の返事に、ふんと巨体の竜也は鼻を鳴らすが、機嫌はよさそうだ。こうして厨房に立つことで、日ごろの憂鬱《ゆううつ》な気分も多少薄れているのかもしれない。

「よし、次は割りじょうゆのつくりかたを教える」

「ああ」

谷村家はいま、長いあいだ欠いていたまとまりをようやく奪還しつつあった。

先日の神崎との一件で、店は屈辱と醜聞にまみれたが、それが奮起のきっかけとなった。自分ひとりで店の仕事と家族をまとめていく困難さを思い知らされた柊一が、皆に協力してくれるように頼んだからだ。

「やっぱりひとりじゃ限界がある。やつから店を守りたいんだ。協力してくれ!」

「ん、もちろん」

柊一の気勢と対照的に、悠司は両目をふわりとやさしく細めてつづける。

「ほんとは待ってたんだ、そういってくれるの。兄貴ひとりをがんばらせて、ずっとわるいと思ってた。俺もできることを探してみるから」

「僕も」

「わたしも！」

良樹も杏も間髪をいれずに賛同してくれた。

意外にも——というべきか、意外に感じたのは柊一の抱いていた先入観のせいだったらしい。すでに家族たちは日ごろの柊一の働きぶりをみて、心の準備ができていたようだ。竜也も京も、まんざらでもない様子で協力を約束してくれた。そして家族はそれぞれの方法で、店を盛りたてる活動に乗り出したのである。

たとえば竜也と京は、店の味を正式に柊一に教えるという形で。

元ITエンジニアの悠司は、店のウェブサイトを構築するという形で。

高校生の良樹は学校の生徒に宣伝したり、要望をヒアリングするという形で。

杏は店内の掃除を手伝うという形で。そして詩香までもが、あかるい接客を心がけるという意外な形で協力してくれた。

紆余曲折《うよきよくせつ》あったものの、ここに谷村家は満を持して家族一丸となったのである。

ひとりをのぞいて。

「やれやれ。こういうのをシーシュポスの岩っていうんだろうね」

開店前の店をのぞいて憐《あわ》れむようにつぶやく珊瑚に、柊一は仏頂面を向けた。

「どういう意味だそれ？　おまえはいつもまわりくどいんだよ。まあ、百パーセントろくでもないことなんだろうけど」

「徒労を意味するギリシャ神話のエピソードだよ。くわしく知りたきゃ調べたら」

「さすがはお利口さん。と、いいたいところだが、あいにく俺は暇じゃねえの。おまえとちがって忙しいの。わかる？　ギリシャ語もいいけど、日本語は理解できる？」

「心を亡くすと書いて忙しい……か」

珊瑚はわざとらしいくらい優雅に嘆息した。「平民って悲しいよねぇ。毎日、俺たち貴族を食わせるために働きずくめで」

さすがにむっとした柊一が「うるさい。扶養家族」と睨《にら》みつけると、珊瑚もぴくりと眉《まゆ》をあげ、ひややかな視線を浴びせ返してくる。例によって朝から無益極まりない骨肉の争いがはじまりかけたそのとき、ツバメのように杏が飛びこんできた。

「わたしは？」

「えっ？」

にこにこしながら聡明《そうめい》な瞳《ひとみ》で「貴族と平民、わたしはどっち？」と訊《き》いてくる杏に、柊一も珊瑚もつい言葉に迷った。ふたりとも、六歳の少女にこれほどスマートにとりなされていては世話はない。

やがて珊瑚が眉間《みけん》を押さえてこたえた。「たぶん……お姫さま」

「やった！」

にっこり笑う杏をみながら、かぐや姫かな、と柊一はひそかに思った。

毒気を抜かれたように外へ出ていこうとする珊瑚の背中に、柊一は鋭く声をかける。

「珊瑚！」

彼はぴたりと足を止めた。ふり向かずに無言のまま、柊一の言葉のつづきを待つ。

「おまえも俺たち兄弟の一員なんだぞ？　わかってるだろ」

一瞬ふり返りかけるも、珊瑚は軽く鼻を鳴らして店の外へ出ていってしまった。

柊一はちいさくため息をもらす。

なぜ兄弟でこんなにも彼だけが、とげのある皮肉っぽい性格なのだろう。ほかの者にも友好的とはいえないが、とりわけ柊一にだけ辛辣《しんらつ》なのはなぜなのか。昔からほんとうに理解に苦しむ。

2

「悠司のやつ、うまくやってるかな」

暇を持てあまし、いつしか厨房で物思いに沈んでいた柊一はぼそりとつぶやいた。

今日は悠司が再就職のための面接らしく、朝から出かけている。

いままでの不採用の連続でわるい意味で耐性がついたのか、本人は「いい会社だから、たぶん無理だろうけど」と最初から諦観《ていかん》気味だったが、押しの弱い性格はともかく、悠司は優秀な男だ。面接官も優秀なら二次面接に進めてもおかしくない。

「いや……その前に、俺は自分の心配をしないとな」

柊一はふうっと嘆息して肩を落とした。

その日も相変わらず、みけねこ食堂の店内は閑散としていた。

雨が降っているわけでもなく、絶好の外食日和だというのに客は皆無。厨房のむこうの店側では、エプロン姿の詩香が退屈そうにテーブルのあいだを行き来している。

神崎とやりあって以来、みけねこ食堂からは目にみえて客足が遠のいていた。

悪評を立てられて、おまけにそれを画策した相手の店で謝罪させられてと、柊一としては業腹な出来事だったが、料理の味そのものには関係がない。損なわれたのが店のイメージであり、中身でないことは、だれがどう考えても自明のはずだ。

にもかかわらず、それがボディブローのように着実に来客数へと反映されるのだから、客商売とは不思議なものだ。どこかでイメージを変える必要がある。

では、いつどうやってそのチャンスをつくるのか？

「イメージ戦略だよな……」

有名店の料理人だったころは調理だけに専心していればよかったが、今後はこういった宣伝面についても真剣に考えていく必要があるだろう。暫定とはいえ、自分はみけねこ食堂の四代目をまかされているのだから。

ふと頭に思い浮かぶ。

こんなとき、零兄貴ならどうするんだろう……。

思いめぐらせてはみたが、想像もつかなかった。それよりも、いまだに音沙汰《おとさた》のない兄の安否が心配になる。腹は空《す》かせていないか、着替えはしているのか。おそらくはいっしょにいるのであろう杏の母親の件もふくめて、どうなっているのか。

ひとしきり心をくだいた後、柊一は自分にいい聞かせるようにかぶりをふった。

「……いまは信じるしかない」

これまで家族に尽くしてくれた兄だからこそ、いまは好きにさせてやりたい。まちがいなく複雑な事情があるのだろうから。兄なら兄のしたいことを必ずやれると思うし、すぐ下の弟としては無条件に兄を信じたい。

そして兄が戻ってきたとき、自信をもってバトンタッチするためにも、この店を立て直すことは急務だ、と柊一が考えていたとき、厨房《ちゅうぼう》にゆらりと珊瑚が入ってくる。

「なにをぼけっと突っ立ってるの。ペンギンのまね？」

平日だから良樹は登校しているものの、大学生の珊瑚は休みらしく、今日は家にいた。べつに珊瑚がいてもうれしくない柊一は、ぶっきらぼうにこたえる。

「ペンギンって立って寝るらしいな……って、寝てねえよっ。つーか、なんの用だ」

「メシ」

珊瑚は端的に応じた。「呼びに来ただけ。昼ごはん、おばあちゃんがつくってくれたから、詩香さんといっしょに食べていけってさ」

「ん、もう二時か」

考えごとをしているうちに、昼の営業が終わる時刻をまわっていたようだ。

最近、家族たちはずいぶん柊一に協力的で、余裕があれば食事当番なども交替してくれる。家の食事が賄いばかりでも飽きるから、地味にうれしい。

「とりあえずあがるか。おーい、詩香さん、そろそろ——」

店の扉が開いたのは、柊一が詩香のほうに歩きはじめたときだった。

客だと思って瞬間的に喜び勇んだが、店に足を踏み入れたその姿をひと目みた柊一は瞠目《どうもく》する。詩香も驚愕《きょうがく》でおおきく目を見開き、眼鏡がずれたほどだ。

いきなり店に飛びこんできたその客は、ねこだった。

といっても動物のねこではなく、等身大のねこの着ぐるみで、なかには人間が入っている。かなりの大型で、柊一よりも背は高いくらいだ。

着ぐるみのねこは基本色が白で、ところどころに黒と茶色のぶちがある。くしくもこの店の名前と同じみけねこだ。頭部は上からすっぽりとかぶるタイプで、顔は露出されておらず、かわいらしいデザインのなかに一抹の狂気があった。

いや、そもそもこんな格好で来店すること自体が常軌を逸しているだろう。

やがて着ぐるみのねこの人が店内をゆっくりと歩きはじめ、呆気《あっけ》にとられていた詩香がはっと我に返った。

「えっと、あの……。どこでもお好きな席におかけください」

多少狼狽《ろうばい》の色をみせつつも、礼儀正しく席をすすめる彼女の接客態度を柊一は内心すごいと思った。

だが、そんな詩香もまもなく不審そうに眉をよせる。店の全席が空いているにもかかわらず、着ぐるみの人が一向にすわらなかったからだ。奇妙な動きをしていた。

着ぐるみの人は店の奥へと進んでいき、隅のテーブルにつくのかと思いきや、くるっと直角に曲がってふたたび歩き出す。

そして店内の端まで進んだらまた直角に曲がり、端にたどりついたらふたたび直角に曲がってと、店の壁に沿って四角形を描くように、ぐるぐると歩きつづけていた。

こいつはなにがしたいのだろう？　格好もそうだが、行動もまともじゃない。

「柊一さん……」

ふりかえった詩香が不安そうな視線を送ってきたので、柊一はうなずき、着ぐるみの人の前へと歩み出た。

「ちょっと、お客さん。ここはねこの遊び場じゃないんですけど」

肩をつかもうとした途端、そいつは意外な行動に出る。「にゃあ」

「にゃあ……？」

うにゃあああっ、と甲高い奇声をあげ、着ぐるみの人は柊一の手をよけて身をひるがえした。長身なのにやけに身軽で、またたく間に店の外へ姿を消す。

正気に返った柊一と詩香が、あわてて追いかけて外に出たとき、すでに往来に着ぐるみの姿はなかった。

「……なんだったんだ、いまの？」

柊一の言葉に、詩香は心底わけがわからないという顔で「商店街で子ども向けのイベントでもあったんでしょうか」と首をかしげる。もちろんそんな催しはない。

現役大学生の珊瑚なら、学術的で含蓄のある意見でも聞かせてくれるだろうか。水を向けたものの、さすがに困惑した顔で彼はぼやいた。

「俺だって全知全能じゃないんだし、あんなのは知らないよ。まあ季節柄、ちょっとおかしなやつが春の陽気にあてられたんじゃないの」

まあ、それが妥当な判断だろうと柊一も思う。夜も店を開けたが、着ぐるみの人がふたたび姿をあらわすことはなかった。

3

「それって、なんだか物語のはじまりみたい」

翌日、手持ち無沙汰の厨房で、思わぬ言葉を聞かされた柊一は目をしばたたいた。

「どういう意味だ？　物語って」

昨日の着ぐるみのねこの件を、ちょうど杏に話してきかせていたところだった。

杏は笑顔でひとさし指をぴっと天井に向ける。「不思議の国のアリス！」

「え？」

「アリスは服を着た不思議なうさぎをみかけて、追いかけていくんだよ。その先で穴に落っこちて冒険がはじまるの」

「なるほど。まあ、うさぎじゃなくて、ねこだったわけだが」

この子には卓抜した発想力があるな、と柊一は妙に得意な気分で腕組みする。

直後に、いやいや、こういうのを親馬鹿っていうんだと思い、直後にいやいや、親じゃなくて叔父《おじ》だと胸のうちで訂正した。こほんと咳払《せきばら》いして頭を切りかえる。

「うさぎを追いかけて不思議の国にいって……たしかその先に変なねこもいたような気がする。いなかったっけ？」

「いるよ。チェシャねこ。笑うと、その笑いだけが木の上に残るねこ」

「ああ……。いたな、そんなの。うちの店も、『チェシャねこ食堂』とかのほうが子ども心をつかめたかな」

「それはいや」

すました顔でかぶりをふる杏に、いったそばから子どもの心をつかむことの難しさを柊一は再認識する。ともあれ、杏は真顔に戻ると腕組みしながら首をかしげた。

「でも、その着ぐるみの人、ほんとになにかの前ぶれじゃないのかな」

「え？　まさか」

柊一は笑う。あれはただの春の日の珍事で、偶然という以外の意味はない。

だが杏はきまじめに反論した。「一見不思議だけど、意味があるのかも。知ってる、柊一？　不思議の国のアリスって、人によってぜんぜんちがうお話になるんだよ」

「なるほど。そういう考えかたもある」

でも、それをいったらどんなものでも、いかようにでも解釈できる。その話術のプロフェッショナルが占い師ではないだろうか。杏のおしゃまな予言に、そっと肩をすくめる柊一だったが、くしくも翌日、それを実証するような出来事が起こる。

「このクーポンって使えますか？」

不思議なことをいう客が店を訪れたのは、その日の昼の営業時間が終わりにさしかかったころだった。

客は私服姿の女性の二人組。雰囲気は華やかで、どことなく大学生を思わせる。

若い女性がみけねこ食堂に来てくれるのはめずらしいし、うれしいことだが、不思議なのはその客が差し出したクーポンだった。

はがき程度のおおきさのチラシに、こんなことが書かれている。

『女性限定。このチラシをお持ちいただくと、本日のスイーツが無料！』

だれが撮影したのか知らないが、みけねこ食堂の写真が載っていて、ご丁寧に店までの地図つき。チラシで示されているのはまちがいなくこの店だ。

ただし、本日のスイーツとやらの内容は書かれていない。というより、この店にそんなメニューはない。さらにいえばチラシをつくったおぼえもなかった。

「なんだこれ……？」

詩香に渡されたそのクーポンつきチラシを厨房《ちゅうぼう》で眺めながら、柊一はつぶやいた。

「だれかのいたずらか？　どう思う、詩香さん」

「そうですね。わたしはてっきり、柊一さんがひそかに用意したのかと」

「残念。思いつきもしなかった」

念のために訊《き》いてみるかと、柊一は二階の悠司に電話をかけた。

今日は平日だが、まだ職が決まっていない悠司は在宅中。珊瑚と良樹は学校にいっており、竜也と京は一階の住居側にいる。

電話に出た悠司は不思議そうにいった。「どうしたの？　わざわざ電話しなくても、ユウジーって呼んでくれればそっちにいったのに」

「いやそんな大声、みんなにも聞こえちまうだろ。非常事態？　それは有事って、お客さんもびっくりしちまうだろうが」

「戦争でも起こるのかと勘違いされちゃうかな」

受話口の向こうでやさしく返す悠司に、のんきなやつだと柊一は嘆息した。「冗談はさておいて、おまえ、店のチラシとかクーポンとか、つくってないよな？」

「ん、なんの話？」

「いや、知らなきゃいいんだ。だと思ってたから」

柊一は詩香をみながらかぶりをふり、悠司に「邪魔してわるかったな」といって電話を切った。それからコック帽を脱いで厨房を出ると、足早に客のもとへ向かう。

少し驚いた様子の二人組に、柊一は颯爽《さっそう》とおじぎをして話しかけた。

「店主の谷村です。少々おうかがいしたいのですが、このチラシはどこで手に入れたものでしょうか？」

「あれっ、使えませんでした？　そのクーポン」

二人組のうち黒髪の女性がそういい、「いえ、なんと申しましょうか」と柊一が返事に困っていると、もう一方のあかるい髪の女性が利発にこたえてくれた。

「大学を出てすぐのところです。わたしたち、芸大《げいだい》に通ってて。午後の授業が休講だったので帰ろうとしたら、門の前の電話ボックスのそばで配られていたんです」

ここからさほど離れていない、上野《うえの》にある芸術大学の名前を彼女は挙げた。よくあるビラくばりの要領で、ふつうに手渡されたという。

柊一はつい早口になった。「くばっていたのはどんな人ですか？」

「人というか……ねこ？」

「はい？」

一瞬空耳かと思ったが、話のつづきを聞いた柊一は衝撃を受けた。

「ねこの着ぐるみを着た人がくばってました。白と黒と茶色のカラーリングだったから、みけねこ？　なかなかキッチュで、インパクトありましたよ。この店の、みけねこ食堂っていう名前にひっかけたんですよね？」

彼女がいうには、もらったチラシに載っていた店の地図をみたところ、意外と近く、家に帰るには早い時間だったので、友達と来てみたということだった。

柊一は無言で思案する。それは、どう考えてもあいつではないのか……？

確認のために着ぐるみの細かい特徴も訊いてみたが、齟齬《そご》はない。昨日の着ぐるみの人であることはまちがいないようだ。相当な量のチラシをくばっていたらしい。

だとしたら、どういうことだ？

まっさきに思い浮かんだのは、また神崎の嫌がらせではないかということ。

どんな狙いの奸計《かんけい》か？　おそらくは客に期待させて、それを満たせないことによる店のイメージダウンをはかった。わざわざ三ノ輪橋まで来たのに無駄足を踏んだとわかれば、いい気分になる者はいない。もちろん証拠はないのだが、先日の件があるだけにどうしても神崎のしわざとしか柊一には思えなかった。

「まことに申しわけないのですが、お客さま――」

そういったサービスをうちでは行っていないという旨の謝罪を口にしかけたとき、ふと詩香が柊一のコックコートの端をつまむ。

さりげなく距離をつめて、ささやくように尋ねてきた。

「できませんか……？」

一瞬どきっとしながら「なにを？」と訊こうとした直後、どこか困ったふうな詩香の表情をみた柊一は、そういうことかと意味を理解した。やはり詩香は頭が切れる。

柊一はふたりの芸大生にすらりと向き直ると微笑み、自信をこめて告げた。

「もちろん、そちらのクーポンはお使いできますよ。本日のスイーツは食後にお持ちいたします」

「やったあ」

客はふたりとも無邪気に喜び、柊一は詩香に「サンキュ」と目くばせすると、早足で厨房へ戻った。自分の腕なら間に合うはずだと考えながら。

詩香のさっきの「できませんか」は「状況を逆手にとることができませんか」という意味である。もし柊一がこの状況に対応できれば、大学の前でくばられていたというこの嫌がらせのチラシは、意味を反転させて、集客と宣伝というプラスに変わるだろう。なにより柊一自身、ひさしぶりの客を失望させたくなかった。

「ん、やるぞ！」

厨房で短く気合を入れて、柊一は料理にとりかかる。

女性客ふたりが注文したのは、日替わり定食のレディースだった。これは全体的に量がすくなめで、サラダがつき、値段が安いという、兄の零がはじめたセット。

基本的な内容は日替わり定食とほぼ同じだから、下ごしらえを済ませていたこともあってすみやかにつくることができた。完成した白身魚の甘酢あんかけ、肉じゃが、ほうれん草としめじのおひたし、ほたてとブロッコリーの野菜サラダ、白いごはん、たけのことワカメの味噌《みそ》汁などをトレイにのせると、詩香が小声で尋ねてくる。

「柊一さん、どんなスイーツをつくるつもりですか？」

「じつは杏のおやつ用にホットケーキミックスを買ってあったのを思い出してな。でも、つくるのはホットケーキじゃなくて、スペインのスイーツ。なんだと思う？」

詩香は数回まばたきしたあと、しばらく思案していたが、やがて我に返った。

「クイズを出してる場合じゃないでしょ。急いでくださいっ」

「わ、わりい」

どうやらこたえがわからなかったらしい詩香は、客のテーブルへとトレイを運んでいき、柊一もホットケーキミックスと製菓用の口金をとりに住居側へ戻る。

口金とは調理器具の先につける金具のことで、たとえば飾りつけのクリームなどをしぼり出すときに使う。今回は星型の口金を使うが、ヒントとしてそれを教えていれば詩香もひらめいたかもしれない。

やがて必要なものをもって厨房に戻ってきた柊一は、水と塩と牛乳とバターを鍋《なべ》に入れて沸騰させた。

それからホットケーキミックスを投入し、詩香が驚くような速度で混ぜ合わせて、やわらかな粘り気が出てきたら、星型の口金をつけたしぼり袋に入れる。

適当な長さにしぼり出した棒状のそれを熱い油でコロッケのように揚げていった。

「なるほど……」

柊一の作業にじっと視線を注いでいた詩香が「チュロスですか」と静かにいった。

「そういえばスペインのお菓子でしたもんね」

「ん。いろんな国で食べられてるけど、スペインでは朝食に食べるんだ。砂糖をまぶしてないやつをホットチョコレートにつけて、ぱくっと」

ん、と詩香がやわらかく目を細めた。「すごく甘そう」

「いい一日がはじまりそうだろ？」

からりときつね色に揚がったチュロスに、柊一は手際よく砂糖をまぶしていく。

しぼり器の口金に星型のものを使うのは、まるいと内部の生地が急速にふくらんで破裂することがあるからだ。星型なら円よりも生地の表面積が増えて、熱がすばやく均等に伝わるため、それを防ぐことできる。

所要時間は約二十分といったところだろう。時間短縮のために製法を少しだけ簡略化したものの、おいしそうなチュロスが完成して、ちょうど客も食事を終えた。

「それじゃ持っていきます」

「頼む」

詩香がもっていったデザートのチュロスをみて、ふたりの客は目をかがやかせた。

「わっ、できたて！　まだほんのりあったかい」

「おいしそう。いただきますっ」

二人組は嬉々《きき》としてチュロスをつまむと、口に運んだ。

かりっと歯を立てて、細かな砂糖がまぶされた生地の表面を破ると、内側にはもっちりと気持ちのいい食感。そしてやさしい味わいが口のなかにふっくらとひろがる。ほのかに塩味のあるしっとりめの生地と、外側の甘いかりかり感と、ときめくような甘くかわいい香り——それらの絶妙なコントラストは、喩《たと》えるなら遊園地のうきうき感に似ている。揚げたてのチュロスならではのものだ。

「ごちそうさまでした！」

食後、ふたりの客はすっかり満足してくれたらしく、「また来ようね」「来よう来よう」とうれしいことをいい合いながら、満面の笑みを浮かべて帰っていった。

どうにかうまくやれたな、と柊一がひとつ息をついて、詩香と淡い笑顔を交わしたその直後、またしても店の扉ががらりと開かれる。

入ってきた客は、みおぼえのあるチラシを手にした大学生ふうの女子だった。

「すみません、このクーポンって……」

「使えます」

と、こたえた詩香がふり向き、百貨店の受付のような笑みを柊一に投げかけた。

曖昧《あいまい》なうなり声をあげながら、柊一はふたたび調理台へと向かう。

二階で英気を養っている悠司に、ホットケーキミックスをまとめ買いしてくるようにお使いを頼んだのは、ささやかな予感があったからだが、案の定それは的中する。

クーポンつきのチラシをもって来店する客がその後も相次いで、柊一は怒濤《どとう》のいきおいでチュロスをつくることになったからだ。

ひさしぶりに多くの客が来てくれたのは率直にうれしい。ともあれ、非常に場当たり的な対処を強いられて、柊一と詩香はまめまめしくも複雑な気分で立ち働いた。

4

仕事が終わったあと、その日のクーポンの件を居間で家族に話して聞かせたところ、反応は一様に「意味がわからない」だった。

「ほかに表現しようがないよ。理解できない。これといった証拠もないし、兄貴は神崎のしわざだっていうけど、ほんとにそうなのかな？」

腕組みして疑問を呈する悠司に「どういう意味だ？」と柊一が訊《き》くと、だってふつうはそんなことしないよ、という至極もっともな言葉が返ってくる。

「相手はふつうじゃないんだ。わかってるだろ？」

「でも、嫌がらせにしては中途半端だと思うんだ。やる気なら、もっとえげつなくやれるよね？　ここまで手間暇かけるなら、むしろ――」

悠司がいい終わる前に、隣の珊瑚が冷たく口をはさんでくる。

「ふつうはそんなことしないと思わせるのが狙いかもしれないでしょ。中途半端なやりかたで、あからさまな敵愾心《てきがいしん》を刺激しない作戦とも考えられる。なんにしても、いまは頭ひねっても無駄。思考に必要な手がかりが足りてないんだよ」

珊瑚の指摘に「それもそうか」と悠司は引きさがり、今度は末っ子の良樹がいう。

「でも、ほっとくのはなんか気持ちわるくない？　明日は土曜日だし、みんなでその着ぐるみの人を探してみたらどうかな？　相手の意図はわからないけど、チラシをつくったりして手がこんでるから、一日でやめることはないと思うんだ」

「どうだろう……」

「いいじゃない。ねっ、調べてみようよ兄さん！」

良樹に肩をゆさぶられた悠司が苦笑してうなずく。「そうだな。そうしようか」

そんなふたりをみながら、やれやれ、と珊瑚がこれみよがしに嘆息した。

「生来のインドア派が協力するならしょうがないね。みんなで手分けして探そうか。あくまでも暇つぶしに、遊び半分で」

いつのまにか柊一は「すまん。マジでありがたい……」と自然にこぼしていた。ありがたくない状態だったころを知っているからこそ、骨身にしみる。

家に戻ってきた当初、自分と家族とのあいだには厚い壁があった。でもいま精一杯やってきたことの結果が、こうして実を結びつつある。兄弟の絆《きずな》の貴重さを嚙《か》みしめて、俺はまちがっていなかったと柊一は考えた。

ふいに珊瑚が、柊一に怜悧《れいり》な視線を向ける。「それとぉ――」

「ん？」

「そのねこ野郎は大量にチラシをくばってたんでしょ。なら事前に明日のことも考えとけば？　今日のチュロスみたいな『安易極まるその場しのぎ』じゃないやつ」

夜十一時すぎの厨房《ちゅうぼう》で、明日なにをつくるべきか柊一は考えをめぐらせていた。

珊瑚のいいかたにはかちんとさせられたが、今日のスイーツが場当たり的な対処だったのは事実。もちろん、「下町の食事処で、なぜチュロス？」という意味での驚きはあっただろう。しかし、できれば店のイメージに合い、この店ならではの特色も出せているほうが望ましい。

できることなら新作。そのスイーツがめずらしくて、おいしければおいしいほど、再来店してくれる可能性は高まる。上野のキャンパスからなら十数分もあれば自転車で来られるだろうから、前向きになんとかしたい。

下町の食事処にふさわしい、魅力的なスイーツとはなんだろうか？

「ふむふむ、ほんとはスペイン料理が得意なのに、あえて和風でいくわけね？」

思案する柊一に、保育園の先生のような口調で杏がいった。

いちどは寝かせたのだが、トイレに起きてきた杏に柊一はみつかってしまった。協力すると主張してきかなかったので、ふたたび眠くなるまでこうして厨房でスイーツ会議に参加してもらっている。

「俺じゃなくて、この店をアピールするものにしたいんだ。ただ、和風のスイーツといっても、具体的にはなにがいいのか」

杏がうしろで手を組んでにこやかにいった。「おだんごとか、おまんじゅうは？」

「和菓子か」

柊一は天井に目をやった。最近食べる機会がなかったが、じつは好物のひとつだ。

「たしかに、たまに無性に食べたくなるんだよな、和菓子って。おともに渋ーいお茶があると最高。そうそう、浅草に豆大福がうまいって評判の老舗《しにせ》があるらしい。いちどいってみたいんだが——。あ、名前をど忘れした」

「……柊一」

かわいそうなものをみる目を向けられて、柊一はすばやく咳払《せきばら》いしてごまかす。

「まあ、そのうち思い出すだろ。そしたら散歩がてら遊びにいってみるか。浅草なら歩いて三十分くらいだしな」

「うん、大人がいう『そのうち』は、十年後くらいの意味だって、わたしちゃんと知ってるけどね。それより——」

杏は大人びた口調で話を本題に戻した。「柊一は和菓子をつくれないの？」

「ん……。不可能とはいわない。いちおう正月には、ひとり分のおしるこをつくって食べてたし」

「マンションのひとりのお部屋で？　あ、ごめんなさい。いまなんかすごく、わびしい光景が目に浮かんじゃった」

返す言葉に困って苦笑する柊一に、杏はてのひらを頬にあてて悲しい顔をする。

「ねえ柊一、男のひとり暮らしのお正月って、とってもさみしいのね」

「ほっとけ！　まあそれは置いといて、自分用ならともかく、店で出すものとなると難しいな。やっぱりプロの和菓子職人には勝てないし、近くにおいしい和菓子屋があるのに、あえてこの店で出さなくてもって気がする」

「じゃあ、洋菓子にする？」

「考えてみれば、それにも同じことがいえるか」

堂々めぐりだな、とつぶやいて柊一は眉間《みけん》を押さえた。やはり大衆食堂で革新的なスイーツを出すという考えには無理があるのだろうか？

ふいに杏があっけらかんと提案する。「じゃ、和菓子と洋菓子のいいとこどりは？」

「というと？」

「よくあるでしょ。クリームどら焼きとか、あんみつパフェとかそういうの」

「和洋折衷か……！」

盲点だった。にわかに柊一の直感が活発に回転しはじめる。

そもそも大衆食堂の成り立ちからして和洋折衷の要素は色濃く、決して純和風のものではない。歴史を紐解《ひもと》けば、明治時代に生まれた西洋料理店の存在が非常におおきいことがわかる。

当時の西洋料理は、純粋な西洋発祥のものを意味しており、庶民にはなかなか手が出せない、一部の上流階級の人々のための高級料理だった。

それを日本人が、日本人の好みに合わせてアレンジしたのがいわゆる「洋食」。コロッケ、カレーライス、オムライス、エビフライ、トンカツなどだ。

たとえば大正時代に創業し、二〇〇六年に秋葉原《あきはばら》に復活した有名な須田町《すだちょう》食堂は、当時は高嶺《たかね》の花だった洋食を庶民の手の届く価格で提供したことで話題になったと店のパンフレットにも書いてある。

「ん。方向性はこれでいこう。うちの店の強みと、スイーツを折衷するんだ」

「じゃあこんな感じかな？」

杏は察しよく、新しい料理の案を軽やかに挙げていった。「トンカツどら焼き、焼き魚パフェ、しょうが焼き大福、あんこ入りコロッケ……」

「おいおい、それはいくらなんでも」

苦笑して流そうとした柊一の動きが、はたと止まった。「待てよ？」

それからしばらく試行錯誤を繰り返し、あんこ入りコロッケが満足のいく完成度になったのは、あくる日の東の空が白みはじめた早朝のことだった。

起きたての杏の足音がぱたぱたと元気に近づいてくる。昨夜の彼女は立ったまま、厨房でうとうとしはじめたから、途中で柊一が寝床まで運んだのだった。

杏が厨房に飛びこんでくる。「おはよっ、柊一！」

「おはよう。例のやつできてるけど、試食してみるか？」

「うんっ」

あんこ入りコロッケをのせた皿を差し出すと、ぱあっと彼女は顔をかがやかせた。

「これかあ……。ちいさくてかわいい！」

「わたしみたい？」

杏は指をふった。「わたしは、もっとシュッとしてるでしょ。これはまるい」

あんこ入りコロッケは一見なんの変哲もない、まるくて小型のコロッケである。

マッシュしたじゃがいもで、こしあんを大福のように包み、パン粉などのころもをつけて高温の油にすべりこませ、ぱりっと揚げたものだ。

つくる手順は通常のコロッケと似ているが、こしあんの甘味を抑えないと、せっかくのじゃがいもの風味が消えてしまうので、味の濃さのバランスを調整するのに相当な時間を費やした。これは甘味と塩味が絶妙な調和を果たした完成版だ。

「いただきまあす！」

杏はあんこ入りコロッケを両手でもち、さくっと音を立ててころもを噛《か》み破った。

刹那《せつな》、おおきな目がさらにおおきく見開かれ、咀嚼《そしゃく》するたびに顔がみるみるしあわせそうにほころんでいく。

「ふわあ……。ほかほかで新食感っ！」

柊一も何度も試食したから知っている。いま、杏の口のなかでは、すりつぶされたじゃがいもがまろやかに崩れ落ち、しっとり甘いこしあんとやわらかく混ざり合っているところだろう。

あんに加えた砂糖の量は控えめながら、それゆえに甘さ以外の小豆の風味が豊かに水際立って、ほっくりしたじゃがいもの食感と舌の上であたたかく混ざり合う。

かりっと快いパン粉のころもと、甘い中身のほくほくした口あたり。こういう熱をもった甘味もいいものだという幸福感が、実体として胃の腑《ふ》に落ちていく。

和でも洋でもあり、惣菜《そうざい》のようでもスイーツのようでもあるそれは、なつかしくも斬新で、この店の魅力をアピールするのに、うってつけのはずだ。

「おいしかったぁ！」

杏はまたたく間にぺろりと一個たいらげた。その後、おしゃまに人さし指を立てて太鼓判を押す。

「ねえ柊一。わたし、これはいけると思うよ。三つ星クラス！」

「お、おう。お墨つきサンキュな」

「ほんとだよ。すごくおいしかったんだから。やっぱり、わたしの名前が入ってるだけのことはあるなぁ」

「はは……。そう来たか」

柊一ってすごいっ、と杏にしあわせいっぱいの笑顔を向けられて、柊一の体からはいつのまにか徹夜の疲れが跡形もなく吹っ飛んで消えていた。

5

予想どおり、その日の昼の営業時間には、昨日に引きつづいて多くの客が訪れた。客の大半が女性だったのは、クーポンつきチラシの効果だろう。

彼女たちが持参したそれには『女性限定。このチラシを持参すれば本日のスペシャルスイーツが無料！』と書かれていた。

軽く尋ねてみたところ、チラシは例によって、ねこの着ぐるみの人が配布していたそうだが、意外だったのは今日は上野の芸大ではなく、三ノ輪橋から程近い北千住《きたせんじゅ》の某大学の前でくばられていたということだ。

ちらりと悠司たちのことを思い出し、柊一は渋い顔になるが、まあ仕方ない。

ともかく、スイーツのほうは事前にしっかり仕込んでいたので問題なかった。

「わっ、なにこれ。コロッケにあんこが入ってる!」

「おいもと混ざりあってほくほくだよ。わたし、これ好き!」

あんこ入りコロッケは、思いのほか好評だった。

なにせ食の大家、杏お嬢さまにお墨つきをもらったから——いや、それだけではなく、家族にも認められたものだから、おいしいといってもらえると、なおうれしい。

早朝、杏に食べさせたあのあと、柊一は厨房《ちゅうぼう》をのぞきに来た兄弟たちにも、あんこ入りコロッケを試食してもらった。

どうなるかとはらはらしたが、結果はことのほか上々で、悠司や良樹は絶賛。珊瑚も完食。なにかと手厳しい父の竜也も、めずらしく反発しなかった。

「こしあんの仕上げに改良の余地はあるが、大筋はわるくねえ……。ほんと、料理ってのはおもしろいもんだ。工夫しだいで、こんなデザートもつくれるんだから」

いささか迂遠《うえん》ではあるが、これは竜也としては絶賛の部類に入る。

祖母の京も「店の新しいウリになるかもね。さすがは元一流シェフ!」と上機嫌で、柊一は苦笑いしながらも、内心むくわれた気分だった。

現状、着ぐるみの人がばらまいたクーポンへの対抗策として、無料で出しているあんこ入りコロッケだが、いずれは正式な売り物にしてもいい。多めにつくり、お持ち帰り用のセットを販売するのもおもしろいかもしれない。

「その着ぐるみの正体も……まあ、そのうちなんとかなるだろ」

厨房で調理の手を休めることなく、柊一は静かにつぶやく。

昨日いったとおり、悠司と珊瑚と良樹の三人は、例の着ぐるみの人を朝から探しに出かけてくれていた。

「それじゃ、いってくる。あまり期待しないで待ってて、兄貴」

例によって若干のんびりした言葉を残し、悠司たちは出発。曇天で少し肌寒かったこともあり、皆が長袖《ながそで》を着て出ていったのだった。

柊一が胸中で彼らをねぎらっていたとき、詩香が早足で厨房に来る。

「柊一さん！　食べ終わったお客さんに、あんこ入りコロッケもっていきますねっ」

「サンキュ。頼む」

「あと、追加で日替わり定食ふたつ」

「了解。それはすぐできる」

もの思いにふける暇はない。いままでの開店休業ぶりが嘘のように来客が相次ぎ、ひさしぶりに柊一は忙しくも充実した時間をすごす。

あんこ入りコロッケ自体はサービス品だから儲《もう》けにならないが、客入りの多さでそれを凌駕《りょうが》する利益を計上できた。こうして昼の営業は大盛況のうちに終わった。

「ただいま。兄貴もなかなか大変だったみたいだね」

夕方、着ぐるみの捜索から帰ってきた悠司は柊一をいたわるようにそういい、顔にはあからさまに「骨折り損でした」と書いてあった。

おかえり、そしてお疲れさん、と柊一もねぎらう。「つか、俺のほうは大変っていうより、いままでが暇すぎたんだけどな。そっちは結局どうだったんだ？」

「どんなというか、まるでだめだったよ。着ぐるみの人は影も形もなかった」

「ふうん」

「上野界隈《かいわい》をいたずらに歩きまわって、もう俺くたくた。おなか空《す》いちゃったよ」

「僕も」

今度は良樹がひたいの汗をぬぐって口を開いた。「こっちは芸大の前にずっと張りこんでたんだけど、やっぱり見当たらなくって」

「そっか。じつはな、今日は北千住の大学のほうにいたらしいんだ」

柊一がそういって昼間の客から聞いた話を聞かせると、悠司も珊瑚も良樹も当惑したように顔をみあわせて、ため息をひとつもらした。

良樹ががっくりと肩を落とす。「結局僕たち、見当ちがいの場所にいたんだね」

「ん……。さすがに同じ場所に二日連続ではあらわれないかぁ」

半袖《はんそで》のシャツからのびる自分の腕をナルシスティックになでながら珊瑚がいった。

「じゃあ、今後はこのへんの全キャンパスを対象にしようか。どうせやるなら絨毯《じゅうたん》爆撃したほうが気持ちいいし」

「うわ、とうとう珊瑚が本気になったか？」

怯《おび》えたような悠司の言葉に、珊瑚は「べつにぃ。さっさと捕まえて終わりにしたいだけ。めんどくさいから」と手短にまとめて、その日の捜索は終わったのだった。

6

兄弟のなかで、もっとも零に近いのはこの子だろう。子どものころから谷村珊瑚はまわりにそういわれて育った。

次男の柊一も三男の悠司も、きらりと光る才能をもつが、能力的にはかたよっている。全方面にバランスのとれた秀才、長男の零と似ているのは文武両道の珊瑚だ。

そのような理由で、なにかにつけて比較されてきたのである。

珊瑚自身は、自分がその器でないことを幼少期からはっきり理解していた。だからこそ、決して悪気ではなかったであろう楽観的な親の期待がストレスだった。

また、兄たちの後塵《こうじん》を拝し、かといって猫かわいがりされる末っ子でもない、四男という微妙な立ち位置もストレスの蓄積を助長した。

たまりにたまって凝り固まったそれを反抗期に爆発させ、発散してしまえばよかったのかもしれないが、なまじ利口だった珊瑚は非行に走ることもなかった。

結果として、成長とともに珊瑚の精神にはゆがみが生じていき、麗しい外見とは裏腹の、とげのある皮肉な青年に変貌《へんぼう》を遂げたのである。

だが、とげとは異なるものが、珊瑚の心の奥にはひそかに存在する。

喩《たと》えるなら、それは誰の足跡もない真っ白な雪原。天に屹立《きつりつ》する針葉樹林で覆い隠されてはいるが、その無人の雪原はたしかに存在し、いつもなにかを待っている。

そしていま、現実的な意味においても、珊瑚は待っていた。

「早くしてよ兄貴。レディを待たせ《せ》るのは、この世で二番目に重い罪なんだけど」

エプロン姿の珊瑚が急かすと、厨房で調理中の兄の柊一がめまぐるしく手を動かしながらこたえる。

「いまやってる！　つーか、一番重い罪ってなんだ？」

「俺を待たせること」

「だと思ったよ」

あきれたように兄の柊一は鼻を鳴らすと、熱い油にぷかぷかと浮かぶ球状のあんこ入りコロッケを敏捷《びんしょう》にとりあげ、手際よく油切りした。

それを二個、スイーツ用の小皿にきれいに盛りつけて兄はいう。「できた。頼む」

「頼まれた。仕方なくね」

受け取った皿をトレイにのせると、珊瑚はまっすぐ客のもとへと向かう。

不本意ながら、本日の珊瑚が店の仕事を手伝っているのは、アルバイトの詩香が風邪で発熱し、どうしても来られないという連絡があったからだった。

兄の悠司と弟の良樹には用事があるらしく、かといって足のよくない父や、家長である祖母にやらせるわけにもいかないだろう。

だから、やむなく引き受けた。たまには兄に恩を売っておくのもわるくない。

ともあれ、今日も店はクーポンつきチラシをもってきた客でいっぱいだった。

ほとんどが女性なので、ふだんのみけねこ食堂とは空気がちがい、華やか。新しいスイーツが好評で、その評判が評判を呼んでいるらしい。

それは珊瑚としても鼻が高いことだった。いま目の前にひろがる光景だけをみればみけねこ食堂は行列ができてもおかしくない店。

——嫌いじゃない、こういうの。

珊瑚は女性たちの視線を快く味わいながら、ときどき兄に皮肉を浴びせたりもしつつ、ウェイターとしてきぱきと立ち働いた。

どこかでみた気がする婦人が来店したのは、昼の営業時間が終わる寸前。大勢いた客が帰り、珊瑚が外に準備中の札を出そうとしていたときだった。

「こんにちは。あ、もう閉めるところ？」

「まだだいじょうぶですよ」

微笑んでそうこたえながら、どこでみかけたのだったかと珊瑚は記憶をさらう。たぶんずっと昔だ。婦人は五十代なかばで、オリエンタルな柄の入った服を着て、人懐こそうな態度はどこか下町ふう。おそらく――。

亡き母、静の知人だと察した直後、ほうっと息をついて彼女はいった。

「それにしてもおおきくなったねぇ、珊瑚くん。おぼえてないよね、わたしのこと」

珊瑚は静かにかぶりをふった。「母の友達のかたですよね？」

「すごい！　記憶力いいのねぇ……。もう十五年以上も前のことなのに」

小西《こにし》、と彼女は名乗ってこう語った。

静とは長いつきあいだったが、没後はここに来る機会と理由がみつけられず、すっかり縁遠くなってしまっていた。

今日来た理由は、大学生の娘がこの店でめずらしいスイーツを食べ、おいしかったと褒めていたからだ。店の名前を聞いて驚き、なつかしさも相まって、いてもたってもいられなくなったから来店したとのことだった。

「わたし、甘いものには目がなくて。昔はよく静さんとふたりで、甘味めぐりをしたものよ。あのころと比べると、世のなかもまあ、ずいぶんと変わっちゃったけど」

「うちもいろいろと変わりましたよ。いまは次男の柊一が料理人をしています。呼んできましょう」

珊瑚が厨房《ちゅうぼう》に戻って事情を説明すると、兄の柊一は小西のことを漠然と記憶していたらしい。感慨深そうに小西と話しこんだあと、スイーツの件を快諾した。

待つことしばし。やがて、目当てのあんこ入りコロッケを兄が自ら運んでくると、小西はいかにも甘いもの好きというふうに頰をほころばせる。

「わあ、見た目はほんとにコロッケなのねぇ！」

兄は精悍《せいかん》に微笑んだ「製法も、基本的にはコロッケですよ。具は手作りのこしあんで、甘さは少し控えめです。熱いうちに召しあがってください」

「じゃあ、いただきます」

この状況下では料理人の兄が主役だろうと思った珊瑚は、一歩引いて傍観者に徹する。それをみた兄が、ものいいたげな一瞥《いちべつ》を送ってくるが、気づかないふりをした。

ふたりの男の不可視のやりとりに気づかず、小西はあんこ入りコロッケに菓子楊枝《ようじ》を刺すと、口に運んで歯を立てた。さくっと音を立ててころもを嚙《か》み破る。

「あら！」

弓なりの眉《まゆ》を持ちあげた。それから小西は柔和に頬をゆるめ、ほくほくとしあわせそうに咀嚼《そしやく》したあと、満足そうにこくんと嚥下《えんか》する。

「うん、おもしろい食べ心地。おいしいわぁ……！」

小西は両目をにっこりと細め、間髪をいれずに二口めをほおばる。

「最初は不思議に感じたけど、こういう甘味もいいものね。あんまんとか蒸し饅頭《まんじゆう》に近いものがあるのかな？　あったかくておいしい」

「ありがとうございます」

口角をあげて会釈する兄に「よく考えたものだわ」と小西は賛辞を送る。

意外な言葉が飛び出したのはそのときだった。気配を消して傍観者に徹していた珊瑚は、ぎょっと瞠目《どうもく》させられる。

「珊瑚に発破をかけられましたからね。すべては、できのいい弟たちのおかげです」

兄の柊一がそんなふうにいったからだった。

「はぁ……？　なにいってんの、兄貴？」

珊瑚は兄の背中に冷たい声を投げた。「発破なんか、かけてない。なんで俺がそんなことしなきゃならないわけ？　毎日毎日コロッケを揚げすぎて、おつむまでじゃがいもになっちまったんじゃないの」

内心の動揺のせいだろう。客である小西の前にもかかわらず、珊瑚の口からは洪水のように皮肉があふれてきた。

「あぁ、この場合はちがうか。いいかえるよ。兄貴って頭まであんこ入り？　これがうわさの、あんこ入りコロッケ脳ってやつ？」

「斬新な毒舌をありがとよ」

半眼でそういい、兄はつづけた。「でも珊瑚、俺にはもうわかってるんだ。いまさら空々しく隠し立てするほうが、安くてお手軽なコロッケのおつむなんじゃねえの？」

「……俺がコロッケ脳だと？」

コロッケコロッケなにをいってるの、と小西が目を白黒させているが、兄も兄で、かちんと来たらしく引かない。売り言葉に買い言葉というふうに「俺はコロッケの話をしてるわけじゃないっ」といい、小西を「ええーっ？」とのけぞらせると、凛々《りり》しい視線を珊瑚に向けてきた。

「ちょっとした感謝の言葉に過剰反応してる時点でばればれなんだよ。おまえが発案したんだろ？　ねこの着ぐるみでチラシをばらまいて、店を助ける計画を」

刹那《せつな》、珊瑚の心臓はどくんと飛び跳ねた。

「……なんのこと？」

だからわかってるんだって、と兄は無造作にこたえ、「もういいだろ、そういうのは。めんどくさいから終わらせるぞ」と前置きして語り出した。

「今日の仕事中に、ほとんど考えはまとまりかけてたんだ。でも、いまの反応で確信した。視点を変えれば、すぐわかることだったんだけどな」

珊瑚は片眉をあげる。「視点？」

「ああ。俺の主観からすれば、謎のねこの着ぐるみが意味不明なチラシをくばって、店への嫌がらせをしてるって考えがちだけど、視点を変えれば単に店の宣伝だ。すくなくとも客からはそうみえてる。みけねこ食堂のチラシを、ねこの着ぐるみ姿でくばってるんだから」

嫌がらせなら、もっと効果的な方法がいくらでもあるという兄の言葉は至極もっともなものだったので、珊瑚はひややかに口をつぐんだ。

「宣伝だけじゃねえ。もうひとつ、着ぐるみの人は外圧で俺を助けてくれていた。この店にふだん来ない女性客を呼べる、新しいスイーツの考案をうながすことでな」

兄は不敵に口角をあげてつづける。

「珊瑚、おまえさりげなく俺を誘導してただろ？　なにせ、あんこ入りコロッケを考える引き金になったのは、おまえの言葉だ。『そのねこ野郎は大量にチラシをくばってたんでしょ。なら事前に明日のことも考えとけば？』って、いまもはっきりおぼえてる。たしかにうちの店には圧倒的に女性の客が欠けていたから、そこをカバーするのはいい案だ。ふつうに口で伝えてくれれば、もっといい案だったんだけどな」

珊瑚は舌打ちした。「……兄貴の思いこみだよ。そんな意図はなかった」

「いいや、今回はおまえらしくない言動が、ほかにもわりとあった。なんだかんだで協力的に動いてくれてたし。とはいえ、表立って手を貸すのは、その妙なプライドが許さなかったんだろ？」

兄は腕組みした。「そもそもチラシをつくってたのが、店の内部情報を知ってる者だってことにはすぐ気づいた。一回目と二回目で文面が微妙に変わってたからな」

一回目は『女性限定。このチラシをお持ちいただくと、本日のスイーツが無料！』

二回目は『女性限定。このチラシを持参すれば本日のスペシャルスイーツが無料！』

「二回目のチラシは、あんこ入りコロッケが完成したあとにつくられたから、ただのスイーツじゃなく、スペシャルスイーツっていう少しだけ効果的な表現に差し替えられてるわけだ。文面を多少いじっても、オンデマンドですぐに印刷してくれるコピーサービスは山ほどある。このあたりは元エンジニアの悠司がくわしい……というか、最初から悠司とは組んでたんだろ？」

悠司兄貴と協力していることまで見抜いていたのか——。

柊一の炯眼《けいがん》に、珊瑚は背中にぞくりと快い鳥肌が立つのを感じる。

兄は静かに息を吐いた。「悠司は嘘が下手だから、ほっとけば真相をぽろっとしゃべっちまいそうだったけどな。実際、俺が神崎のしわざだっていったときも、ふつうはそんなことしないって、至極もっともな返事をしてたし。よけいなことをいいかけて、おまえに止められてたけど」

珊瑚はそのときのやりとりを思い出す。

『ここまで手間暇かけるなら、むしろ――』

『ふつうはそんなことしないと思わせるのが狙いかもしれないでしょ』

たしかにあのときは焦ったっけ、と内心で苦笑する珊瑚に、兄はつづけた。

「つまるところ、ねこの着ぐるみは、正体がおまえじゃないというアリバイ工作と、心証形成のためだった。まあ、ここまで素直じゃないというか、素直じゃないけど協力はしたいっていうおまえのひねくれたスタンス、筋金入りだよ。マジですごい」

「うるさい」

兄はそしらぬ顔で悪態を無視してつづけた。「着ぐるみの人がはじめて店に来たとき、ちょうどおまえが昼食ができたって呼びに来たタイミングだったけど、あれは打ち合わせどおりだな？　あのとき、なかに入ってたのは悠司だろ？　あの日はたしか再就職の面接で朝から出かけてたけど、着ぐるみの人が来たのは二時近く。それに面接って何時間もかかるもんじゃないからな。平日で高校があるから良樹は最初から除外」

「ふん……」

珊瑚は軽く鼻を鳴らすことで、兄の推察が正しいことを認めた。

「そして二回目、北千住の大学に出向いたほうはおまえだな？　あの日は曇り空で肌寒かったから、みんな長袖《ながそで》で出ていった。でも帰ってきたとき、おまえだけはなぜか半袖に着替えてたからな。おおかた着ぐるみのなかが暑くて、汗でもかいたんだろ。なんにせよ、おまえのおかげで新しいスイーツができたんだ――」

そこで兄はふと黒目を横にそらすと、照れくさそうにつづけた。

「……ありがとよ」

珊瑚は無言でくちびるを引き結ぶ。

いま兄が口にした推察は、なにもかもそっくり当たっていた。

ちいさく舌打ちして、「感謝するだけなら無料だからね。なんとでもいえる」という毒舌を吐いたあと、冷たい表情を崩さずに無言で考える。

すごいなあ。

やっぱり柊一兄ちゃんはすごい。マジでかっこいい。

昔からわかっていたことだが、いま珊瑚は、あらためてそのことを思い知った。

――柊一兄ちゃんは最高だ、と。

これほど鋭敏な感性があるのに、ふだんはおくびにも出さずに弟たちを立ててくれる。気性的には一匹狼なのに、家族が困っていたら率先してトラブルの矢面に立ち、ちいさな子どもを守って、全力で奮闘してくれる。

能力もあるが、それ以上に器のでかい、男がかっこいいと思える男――。

それが柊一兄ちゃんだと珊瑚はずっと思ってきた。代わりのいない、とくべつな存在である兄に「ありがとう」と感謝されて、いま胸が燃えそうなほど熱く、うれしい。

おぼえている。

子どものころ、秀才の長男と比較されて内心くさっていたとき、まわりはだれもわかってくれなかった。でも勘がいい柊一だけは心のうちを見抜いてくれた。態度こそぶっきらぼうだったが、いつも面倒をみて遊び相手になってくれた。うれしかった。

珊瑚は自分の性格に、強い癖があることを自覚している。

中学時代、クラスのいじめが許せなくてやめさせようとしたときも、皆を小馬鹿にするような露悪的な方法になってしまった。

でもほんとうは、皆が仲よくできればいいと思い、善意でやったことだった。

ダイヤモンドが美しくかがやくのは屈折率が高く、内部で光が幾度も複雑に反射するから。そのような性格の珊瑚だから、柊一といるときも口を開けば皮肉っぽい毒舌ばかりが飛び出した。

でも心のなかでは、いつも感謝していたし、いっしょにいるだけで安らいだ。

子どものころから変わらない、その純粋な気持ちが、珊瑚の心の森の奥に隠された雪原。鬱蒼《うっそう》とした針葉樹林に囲まれてはいるが、いったん足を踏み入れれば、純白で一切の汚れがない。

独り立ちして長いあいだ疎遠だった柊一が、ひさしぶりに家に帰ってくると知ったとき、珊瑚が心のなかでどれほど喜んだか。

でも、性格的に曲がっている珊瑚の喜びの表現は、いつにもまして鋭い毒針となって柊一に発射された。

とはいえ、呆《あき》れた顔をしながらも、決して珊瑚を見放したりしないのが柊一だ。そのことが珊瑚にはわかっている。だからこそ家族のなかでも、とりわけ大事な存在であり、それゆえに、ひときわ毒のある言葉をぶつけずにいられない。つまりは人一倍、柊一にかまってほしい気持ちが強いのだった。

「でもさ、おまえ、もう少し素直になったほうが、いい人生が送れるんじゃね？」

眼前の兄が仏頂面でそういうので、珊瑚はさらりと前髪をかきあげながら応じる。

「俺の人生がこれ以上よくなったら大変だよ。わかってる？　俺の最低の人生が、兄貴の望める最高の人生だってこと」

「おまえに俺の人生のなにがわかるんだっ？」

そんなふうにいう兄を珊瑚は優美にせせら笑う。傍《はた》からみれば兄弟仲は最悪だが、珊瑚にしてみれば兄への敬愛の表現であり、いつもどおりの平常運転だ。

でも今日は兄から、とてもうれしい言葉をかけてもらった。だからその感情で後押しすれば、いつもとは多少ちがう言葉が出せるはずだと思い、珊瑚は腹の底にぐっと力を入れて口を開く。

「……頭とか、さげてほしくなくてさ」

「え？」

「こないだの神崎の件。あんなやつが兄貴をやりこめていい気になってるかと思うといらいらして……。早く店を立て直して、汚名をすすぎたかった。それだけだよ」

煎《せん》じ詰めれば、それが今回の動機である。

新しいスイーツを柊一につくらせ、いままでは呼べなかった女性客にも来てもらえるようにして、再起のきっかけにする。客層をひろげるためにも、今後はさまざまなことを考え直す必要があると教えたかった。神崎打倒の反撃の狼煙《のろし》をあげるために。

「そうだった……のか」

珊瑚の言葉を聞いた兄は愕然《がくぜん》としていたが、やがて「わるかったな。気をもませちまって」と面目なさそうにいった。

そして直後に驚くべき言葉をつづける。

「でも、神崎の件をなんとかする奥の手は考えてある。だから心配すんな」

「えっ？」

これには珊瑚が目をみはらされた。「奥の手って……ほんとに？」

「嘘じゃない。俺を信じろ」

なぜか心臓が強烈に脈打つ。直後に、かつて感じたことのないマグマのような熱い高揚が体の深奥から湧いてきて、気づけば珊瑚は顔を紅潮させてうなずいていた。

7

あんこ入りコロッケを食べ終わった小西を見送るため、柊一と珊瑚はいっしょに店の外に出た。

「今日はほんとにいいものを食べさせてもらったわ。ごちそうさま」

ほがらかな表情でいう小西に、柊一は「こちらこそ」と返し、苦い顔でこぼす。

「とはいえ、兄弟喧嘩《げんか》じみた醜態をさらしてしまって……恐縮です」

さっきは客である小西の前で、着ぐるみの件の真相を長々と暴き立ててしまった。

珊瑚が嫌味なことばかりいうから頭に来て、完全にいきおいでやってしまった。

やはり自分は接客には向いていないのだろう。隣で素知らぬ顔ですましている珊瑚はいわずもがな。早く詩香の風邪が治ってほしいと柊一は心から思った。

申しわけありませんでした、とふたたび謝る柊一に、「まあまあ。喧嘩するほど仲がいいって言葉もあるから」と小西は角の立たない言葉を返してつづける。

「思えばわたしも、静さんとは些細《ささい》なことでよく口喧嘩したものよ。もちろん、すぐに仲直りしたけど」

「へえ。そうなんですか?」

柊一は意外に感じる。思い出は概して美化されるものだが、母はとにかくりっぱな人だったという印象しかない。他人と口喧嘩している場面が想像できなかった。

好奇心から訊《き》いてみる。「どんなことで口喧嘩を?」

「ほんとに些細なこと。こしあんとつぶあんのどっちが好きかとか、豆大福と豆餅《まめもち》のどっちがおいしいかとか」

「マジで些細っすね……」

「え?」

言外に、そこはとても重要なところでしょう、と小西は真顔で訴えて柊一をたじろがせたあと、「冗談よ」といってころころと笑う。

「静さんもわたしも、若いころは大の甘党だったからねぇ。和菓子屋がたくさんある浅草に、ちょくちょく遊びにいったものよ。静さんは、栗丸堂《くりまるどう》っていう甘味処がお気に入りでね。なつかしいなぁ……」

刹那《せつな》、あっと柊一は思い出した。その店だ。前に杏と話していたときに名前をど忘れした、豆大福がおいしいと最近ネットで話題になっていた老舗《しにせ》。

最近というより、昔から評判だったらしい。しかも、母さんも通っていたのか。

母の若いころの知られざる一面を教わって、なんだか不思議な親近感をおぼえる。

「当時はね、職人の店主と奥さんが仲よくやってて、なかなか繁盛してたのよ。とくに豆大福がおいしくて、あんこのやさしい味がよかった」

柊一はつい頬がゆるんだ。「じつは俺も好きなんです、豆大福」

「うん。静さんもおいしそうに食べてたよ。いつか柊一くんもあの店に食べにいったらいい。そうすれば、あんこ入りコロッケがもっとおいしくなるかもね」

「はい、勉強してきます」

「栗丸堂の奥さん、いつか息子が店を継いでくれればって、よくいってたっけ……」

小西は遠い目を虚空に向けると、しばらくなにか思い出にひたっていたが、やがて気を取り直したように「どこのお店でも跡継ぎの件は大変なの」とぽつりといった。

なんでも小西の家は鍵《かぎ》などの金物をあつかう錠前屋だという。息子が跡を継ぐまでには、やっぱり一悶着《ひともんちゃく》あったらしい。ふと柊一は思い出した。

「そういえば小西さん、みてもらいたい錠前があるんですけど」

「どんなの？」

柊一は屋内に戻り、居間に置いたままだった箱を手にとる。以前、悠司が零の本棚の奥からみつけた、五桁《けた》のダイヤル錠のついた木箱だ。

あれから皆で何度か試したものの、一向に開かないので、最近では存在そのものを忘れかけていた。戻ってその錠前を小西にみせると、意外な反応が返ってくる。

「あら。これは静さんがうちの店で買ったものね」

「ええっ！」

柊一と珊瑚の驚きの声が重なって、気づいたふたりは憮然《ぶぜん》とそっぽを向く。そんなのどかな姿をよそに、小西は木箱の錠前に顔を近づけると、まじまじと観察した。

「ん、まちがいない……。このアンティークの錠前、おぼえてるもの。その日は静さんと零くんのふたりで来てた。まだちいさかった零くんが、知育パズルの感覚でほしがったんだ」

そうそう、思い出してきた、と小西は軽く手を打って頬をほころばせた。

「数字の設定を教えたのもわたし。こういうのは語呂《ごろ》合わせにすれば忘れないよっていったら、零くん、元気にうなずいてたっけ。じゃあ、あの言葉にするーって」

柊一は思わず身を乗り出した。「あの言葉とは？」

「いや、そこまでは聞かなかったわよ。他人が聞いちゃったら意味ないでしょ？」

でも兄弟ならきっと知っているはず。零くんの好きだった言葉を語呂合わせで入れてごらん。きっと開くはずだから——。

ほがらかな口調でそういい、小西は胸の前で軽く手をふると、去っていった。

残された柊一と珊瑚は、どちらからともなく顔をみあわせる。

だが、やがて首を左右にふって、そっと息を吐いた。なにも思い当たらなかった。非の打ちどころのない完璧《かんぺき》な長男。やさしく寛大な性格だったから喧嘩をしたこともなく、でもそれゆえに兄の内面をじつはよく知らなかったことにいまごろ気づく。

身近な存在だったあの人は、ふだんなにを思い、なにを考えていたのだろう。本質的にはどんな人だったのだろうか。

ジューシーからあげ

1

「ほう。そういうことだったんですか」

フランチャイズチェーン、春海屋の事務室。偵察に出した従業員の報告を受けた神崎は、いかにも紳士然とした態度でうなずいてみせた。

その視線の先で、柱のように直立した従業員がつけ加える。

「向こうも必死なようで、なりふりかまっていません」

「要するに、悪あがきという言葉を愚直に体現しているわけですね？」

神崎は手のひらで覆い隠した口もとをわずかにゆがめる。

同じ商圏の食事処、みけねこ食堂の客入りが近ごろよくなっていると小耳にはさんだのが、ことの発端。反比例するように、神崎の店の売上は下降曲線を描いている。

だが、みけねこ食堂には以前、神崎流の知能戦略を駆使して、こっぴどく悪評を立てやった。実際に客は激減したはずだ。このままいけば赤字の垂れ流しで早晩つぶれると踏んでいたのに、なにが起きたのだろう？

　それを探るために従業員を偵察に出し、こたえを訊き出したところなのだった。

「もうけっこうですよ。通常の業務に戻ってください」

　神崎が温和にそう告げると、「失礼します」と一礼して従業員は部屋を出ていく。

　あとには冷えた沈黙が残された。

　ダークブラウンの重厚なデスクに肘《ひじ》をつき、手を組み合わせて神崎は瞑目《めいもく》する。一見、思慮深く考えをめぐらせているような態度だが、その胸中にはいま、雷をともなう激しい感情の嵐が吹き荒れていた。

　あの身のほど知らずどもめ、と神崎は思う。

　弱者は強者の一方的な食い物になるのが世の摂理。それは太古から変わらない人間の営みの本質のはずだ。下町の弱者どもがエリートの自分に楯突《たてつ》くなど、決してあってはならない。

　絆《きずな》、家族、人情。いずれも神崎が嫌悪する概念だった。自分にないものをもっている連中は叩《たた》きつぶしてやりたい。あの店は必ず廃業させて根こそぎ客を奪ってやる。

　かっと瞼《まぶた》を開けると、神崎は虚空を底冷えする目で睨《にら》んだ。やがて、押し殺したような低い声が、薄いくちびるのあいだから洩《も》れて出る。

「兄さん……みていてくれ」

2

夢には、これは夢だとわかってみるタイプの夢がある。そして、いままさに柊一はその夢うつつの世界のなかで、謎の人物にみつめられていた。

不思議な霧のせいでその人物の顔は判別できないが、瞳《ひとみ》は聡明《そうめい》そうで深みがある。

だれだろう？　なぜなにもいわない？　零兄貴……なのか？

意を決して、その者へ近づこうとすると、唐突に「わっ」と声がした。

「わ？」

瞼を開けると、視線の先に驚いた顔の杏がいた。なにを思ってか、まだパジャマ姿の彼女は熟睡している柊一の寝顔を、間近でじっくりと観察していたようだった。

「おいおい、なんだよ。朝っぱらから」

ベッドからおりて伸びをしながらあくびをする柊一を前に、杏は照れ笑いした。

「ん。今朝はいつもより早起きしたから、柊一の寝顔をみておこうと思って」

「そうなのか。でも、なんで？」

「とくに理由はないよ。強いていうなら……せっかくだから？」

それは、強いていわなくもいい種類のことではないだろうか。

ともあれ、柊一が顔を洗ったり着替えをしているうちに杏もお召しかえしたらしい。一階におりて店に足を踏み入れたときには、すでに作業用のサロペット姿だった。六歳児にしては足が長い杏は作業着もセンスよく着こなす。ほうきをもって床をちょこちょこと掃きながら、彼女は鼻歌まじりの上機嫌でいった。

「こっちはまかせて、柊一は厨房《ちゅうぼう》に専念していればいいよ」

「わるいな。ああ、床の掃除もいいけど、できれば――」

「わかってる」

杏はうなずき、レジのそばに置かれた、真新しい空の冷蔵ケースに顔を向けた。

「これもタオルでぴかぴかに拭《ふ》いておくから。お姑《しゅうとめ》さんにチェックされてもだいじょうぶなくらいにしておくね！」

「お、おう……。わかってると思うけど、杏に姑はいないからな？」

柊一の言葉は耳を素通りしたのか、杏は冷蔵ケースの前に立ち、人さし指でわざとらしくガラスをなでて「あら柊一さん、こんなところにほこりが」と指先を眺める。

どこで仕入れた知識なのだか、と柊一はつい半眼になるが、杏も張り切っているのはまちがいない。

なにかせずにいられないのは、谷村家がいま、一丸となっているからだろう。

先日の着ぐるみの件は結局、珊瑚と悠司のしわざだったのだが、それをした動機には柊一もさすがに心を動かされた。柊一と店のために、そこまで迂遠《うえん》なことをしてくれた弟の気づかいに応《こた》えるためにも、もう出し惜しみはしていられない。

それで家族会議の結果、奥の手——業務用の大型冷蔵ケースを店へ導入することにしたのである。

最近の柊一は、朝かなり早めに厨房に入る。そしてせっせと調理にいそしみ、開店までには冷蔵ケース内に、小皿の惣菜《そうざい》をふんだんにならべておく。

たとえばそれは食感が快い、えびのすり身のレンコンはさみ焼きだったり。

あるいは、ほくっとした食べ心地のかぼちゃのそぼろ煮だったり。

もしくは、ほうれん草のオムレツ、チンゲン菜と豚肉のたまご炒《いた》め、みずみずしいふきの青煮、白身魚のエスカベッシュ、豚バラ肉のシェリービネガー煮など、すぐに売り切れる特製の一品ものから、ほっとする日常の味まで色とりどりだ。

冷えてもおいしく食べられるものを心がけているが、もちろん望めばウェイトレスの詩香がレンジであたためてくれる。

これらを冷蔵ケースから自由にトレイにとり、別売りのごはんや味噌《みそ》汁、あるいは定食などと組み合わせて、会計のときにまとめて支払う方式にした。

つまりは従来のみけねこ食堂のやりかたに加え、神崎のフランチャイズ店のシステムを取り入れたのである。

また、神崎の店で人気の高い惣菜は、意図的にほぼ押さえている。あえて同じ料理を出すことで、おいしさのちがいを浮き彫りにする狙いだ。

マニュアル化できる神崎の店の味に、柊一は百パーセント勝つ自信がある。だからそちらの方面での問題はない。

そして、品数を増やすことで発生するコストの問題は、スペイン料理人時代につちかった懇意の仕入れ先のコネクションと、食材を無駄にしない献立と調理法で、どうにかカバーできると踏んだ。いまのところ、なんとか採算はとれている。

ここまでやれば、みけねこ食堂は神崎の店の完全な上位互換。あとはその事実が広く知れ渡れば、負ける要素は一切ないだろう。

「そうか……。いってみりゃあ、売られた喧嘩《けんか》を正面から買うわけか」

先日、柊一が冷蔵ケースを導入したいと家族会議の席で切り出したとき、竜也はぎょろりと目を剝《む》いてそういったものだった。

「おまえらしいやりかたじゃねえか」

「えげつない……か？」

柊一の問いは耳に入らなかったらしい。竜也が「くそっ、俺が先に思いついていればー！」とくやしそうに膝《ひざ》を打ったので、ほっと柊一は胸をなでおろしたものである。

柊一は料理が好きだし、おいしい店や新しいサービスにも興味がある。だから商圏内には種々雑多な飲食店があっていい。町に活気があり、世のなかが元気だというのは、多様性が豊富だということだからだ。

でも、煎《せん》じつめれば相手がこちらを敵視して卑劣な手段でつぶしにくる以上、ふりかかる火の粉は払う必要がある。自分は家族を守り、店を盛りたてる牽引役《けんいん》なのだから。

朝の厨房でそんなことを思い返しながら、柊一は仕込みの作業をつづけた。

今日つくる惣菜のラインナップと、全体的な調理の手順。頭のなかに構築した予定表とマップが自らの手で少しずつ形になっていく。

それと並行して、食材を届けてくれる業者とのやりとりなどもこなす。

やがて竜也と京が起きてきて厨房の隅に立った。柊一の仕事ぶりを精査するようにふたりはしばらく無言で目を光らせていたが、やがて京がおもむろに口を開く。

「さすがだ。いうことなしだね」

竜也も口角をあげて鷹揚《おうよう》にうなずく。「もともと、やればできるやつだ。むしろ、いままでがどうかしてた」

かんたんにいってくれるなよ、と思いつつも朝の調理作業は多岐にわたるので、柊一は減らず口をたたく暇もない。五月雨《さみだれ》を集めた急流のように時間は流れ、そして時計の短針が七の字を指すころ、弟がぱたぱたと厨房に駆けてきた。

「みんな、朝ごはんができたよーっ」

今朝の食事当番である良樹の清涼感あふれる声に「はあい」と返事をして、家族たちは畳の居間に集まり、そろって座卓を囲む。

今日の朝食はクロックムッシュだ。ハムとチーズをはさんで濃厚なベシャメルソースをかけたトーストは、意外にも京の好物。今年で八十三になる彼女は健啖《けんたん》にそれをほおばり、「好き嫌いせずになんでも食べるのが長生きの秘訣《ひけつ》さ」といって憚《はばか》らない。

「おばあちゃんの知恵袋だね！」

そういって、上機嫌でクロックムッシュのおかわりを要求する杏をみながら、ピーマンやゴーヤを食べるときもこうあってほしいものだが、と柊一は思う。

そんな家族の団らんが終わると、分担して食器のあとかたづけ。

その後は各自学校にいったり、部屋で作業に打ちこんだりする。

といっても、自室にこもるのは実質的に悠司だけではあるのだが、彼の責任は重大だ。先日の面接先からの連絡を待つあいだ、悠司はみけねこ食堂のＩＴ部門の作業をひとりで担当してくれているのである。

「まぁ、俺はくさってもプロだから。ネットのことはまかせておいてよ」

口ぶりこそ頼りないものの、さくさく動く高品質のウェブサイトの構築や、強力なＳＥＯ対策などもしてくれる彼は、さすが〝自称くさってもプロ〟。このへんのことは悠司にまかせておけば安心だと、柊一も全幅の信頼をよせている。

やがて昼の営業時間がはじまる二十分ほど前になると、詩香が出勤してくる。

清潔感のある髪に、みずみずしい肌。知的な顔立ちに今日も眼鏡がよく似合ってい
る彼女へ向かい、柊一は片手をあげて挨拶《あいさつ》した。「おはよう、詩香さん」

「おはようございます」

「今日もたぶん忙しくなる。気合入れていこう」

微妙に力んだ柊一の発言に、詩香はてんとう虫でもみつけたように微笑む。

「お客さん、ぐっと増えましたもんね。一時の低迷が嘘みたい。最近は神崎さんの店
よりずっと繁盛してますよ」

「当然さ。やつには負けない」

いま、向こうは値下げのキャンペーンなどでこちらに対抗しようとしているが、す
でに趨勢《すうせい》は決していると柊一は思っているし、たぶん神崎にもわかっているだろう。

「結果的には、柊一さんの作戦が大当たりだったんですね」

「ん、どうだろうな。それもあるかもしれんけど、地道においしいものをつくってき
たのが、今回の件で伝わったんじゃねえのかな。味で負けていたことはないから」

最後の言葉を強調したのは料理人としてのプライドであり、客観的事実でもある。

詩香は細いあごをつまんで少し思案した。「ん……。それはたしかにあるかも。い

いものをつくっても、きっかけがないと、なかなか理解してもらえないですからね」

「そこなんだよな。難しいもんだよ」

「いまの調子でいけばだいじょうぶですよ。がんばりましょう」

そして店を開けるころには日差しもあたたかみを帯び、三ノ輪橋は下町の住人たちの活気でにぎわう。こうして今日もみけねこ食堂の一日がはじまるのだった。

3

「うん、やっぱりここの料理はおいしいねえ」

昼の営業時間の最後の客が、いま食事を終え、ほうっと満足そうにお茶を飲んだ。ふらりと近所から来たという感じの、白髪にパーマをかけた初老の女性である。

「ありがとうございます」

折り目正しく詩香がいうと、老婦人は笑顔でいった。

「お世辞じゃないよ。やっぱりチェーン店の惣菜とはぜんぜんちがう。最近は品数も増えたし、しかも毎日少しずつ種類が変わるでしょ？　今日はなにが出るのかと楽しみで」

「チェーン店だと仕組み上、メニューは固定されますからね。うちの店主は献立にはずいぶん工夫を凝らしているようです。あ、召しあがりたいお惣菜《そうざい》などがありましたら、わたしから伝えておきますけど」

「あら、リクエストもできるの？」

「機会があったら尋ねてみるようにと、店主にいわれていますから。必ず対応できるわけではないみたいですけど」

そつのない詩香の接客ぶりを厨房《ちゅうぼう》から眺めながら、自分はスタッフにもめぐまれたと柊一はつくづく思う。それにふさわしく、老若男女、いろんな客層の人が店に来てくれるようにしたい。

いままでのみけねこ食堂の客は常連、つまり近所に住む年輩の男性が多かったが、最近は女性客もだいぶ来てくれるようになっていた。理由はたぶんふたつある。

無料サービスをやめて通常のメニューにした、例のあんこ入りコロッケ。そのレアなスイーツが目的というのがまずひとつ。

もうひとつは、冷蔵ケースから自由に惣菜を選ぶシステムが好評だったことだ。少しずつ、いろんな種類のものを自分で選んで食べたいということだろう。

とくに野菜を使った料理には人気があり、サラダをはじめ、揚げびたしや煮物などが地味によく売れている。

また、注文をみていると、ごはんを頼まずに惣菜だけを食べる客もたまにいて、これは男性も女性も同様だった。

細身だが筋肉質の柊一は基礎代謝量が高いので、低炭水化物ダイエットなどとは無縁だ。それだけに、「世間の人って、じつは意外と少食なのか？」と首をひねったものだが、よく考えると年齢、体格、身長などのちがいで食べる量が異なるのは当然だろう。定食にも、サイズＳ、Ｍ、Ｌなどの区分があってもいいのかもしれない。

実感として、それらのことに気づけただけでも得たものはおおきく、今後はさらに要望に応《こた》えられるサービスを提供していきたいと柊一は考える。

「ごちそうさまでした。また来るよ」

「ありがとうございました！」

客の老婦人を詩香とともに見送ると、柊一は外の扉に準備中の札を出した。

テーブルの上を丁寧に布巾《ふきん》で拭《ふ》き、店内を軽く掃除したら休憩の時間だ。夜の部は夕方の五時からだから、家が近所の詩香はいつもいったん帰宅する。

「それでは、ひとまずお疲れさまです」

「お疲れ。またあとでな」

「ええ。柊一さんも、少しは体を休めてくださいね？　みてると一日じゅう働きずくめみたいですし」

「サンキュ。でも最近は家族がずいぶんサポートしてくれるから、気分的にも楽なんだ。詩香さんもお大事にな」

詩香はくすっと口もとを押さえた。「病人じゃないんですから」

つやめく髪をそよ風にゆらして立ち去る詩香を、勝手口の前で柊一はかすかに名残惜しく見送る。少し離れた場所から、杏がこちらをじっとみつめていたことに気づいたのは、ふり返った柊一が厨房内に戻ろうとしたときだった。

わっと思い、あわてて柊一は顔を引きしめる。「なんだよ杏、どうしたんだ？」

「ごはん」

食事ができたと呼びに来てくれたらしい。「そっか。わりいな」と杏の頭をなでて歩きだそうとしたが、不思議なことに彼女は動かず、じっと柊一をみつめたままだった。

そのみずみずしくも深みのある瞳《ひとみ》で、なにを考えているのだろう。そういえば今朝もこんなふうに寝顔を観察されていたことを柊一は思い出した。

「どうした？　気になることでもあんのか？」

杏の間近に歩みよると、柊一はその場に屈んで目の高さを合わせた。「前も話したけど、俺には遠慮すんな。家族なんだから、いいたいことがあったらいってくれ」

なにがあったんだと柊一が問いかけると、「なにもないよ」と杏は率直にいった。

「ただ、ちょっと考えてただけ。悩み多きお年頃だから」

「六歳ってそんなだったか……？　いや、何歳でも年に応じた悩みはあるよな。俺でよければ相談に乗るよ。もしかして、好きな相手ができたとか、そういうあれか？」

「ちがうよっ！」

赤面した杏にすごい剣幕でいわれた柊一は尻餅《しりもち》をつきそうになる。

「す、すいません……」

「まったく。大人はすぐにそういうことばかり考えちゃうんだから。もっと実のあることを考えないと、人生がもったいないでしょっ？」

お説教じみた口調で杏にいわれた柊一は、「かもしれねえ」とつぶやき、わりと本気で人生観を考え直そうかなと考える。

「わたしはただ、どうして柊一がそこまでがんばるのか、不思議に思ってただけ」

「え、俺？」

「うん。だってそうでしょ？　朝早く起きて、お店の仕事をして、わたしと家族の相手もして、夜は売上の計算なんかもして。あらためて考えると、すごいなって思う。わたしならできないもん」

柊一は静かな衝撃を受けた。俺を観察しながら、そんなことを考えていたのか。

なんという大人びた子だろうと驚き、その後、無性に抱きしめたいような気持ちにかられたが、柊一の高揚と対照的に、杏はうつむいてぼそぼそとつづける。

「最近思うんだ。いつかわたしが大人になったとき、柊一みたいにがんばれるだろうかって。柊一みたいに家族を引っ張っていけるのかなって」

「杏……」

「だって、自分を犠牲にするって、りっぱだけど難しいことだと思うから」

刹那《せつな》、理由はわからないが、胸のうちでなにかがふるえた。すばやく眉間《みけん》を押さえ、揺れる感情を抑制しながら、柊一はひとつ深呼吸してわずかに口角をあげる。

「……俺、自己犠牲って考えかたはあまり好きじゃねえんだよな」

「そうなの？」

「ああ。だってそれは自分を捨てて他人に尽くすってことだろ。なんで自分を粗末にしないと他人を大事にできない？　両方大事にしろよっていいたくなるんだ。もちろん自己犠牲の精神を否定するつもりはないけど、俺個人としてはちがうと思う」

「ん……。じゃあ、どうして柊一は自分を？」

「俺はなにも犠牲にはしてない」

柊一はきっぱりいった。「俺は、俺自身のためにやってる。杏の喜ぶ顔とか、ついでにいうと家族の喜ぶ顔をみるのも嫌いじゃないからな。それは思考放棄だと珊瑚あたりならいうかもしれないけど、俺はそうじゃないと思ってる。なんでかわかるか？」

杏はきまじめにうなずいた。「わかるよ」

「おいおい、ほんとか？」

冗談だろうと思って微笑む柊一に、杏は澄んだ表情で淀《よど》みなくこたえてのけた。

「だって、そう思えること自体が柊一の才能だから。当たり前を超える力のみなもとみたいなものだから。その力を使って、すごいことをしてる。そうなんでしょ？」

おそろしく的を射た言葉に、背筋をぞくりとさせられた。

これが血の力なのだろうかと柊一はぼう然と考える。子どものころ、零は神童と呼ばれる才気煥発《かんぱつ》な少年だったが、杏も案外、負けず劣らずの存在なのかもしれない。

「家族ってすごいね」

杏は小声でそうつぶやく。「でも、それって、ほんとうはなんなんだろう？」

「え？」

どういう意味の質問なのか、咄嗟《とっさ》に柊一には理解できなかった。そもそも、なぜそんなことを尋ねるのだろう。

ふいに杏は屈託なくにっこり笑う。「ごはんが冷めちゃうよ、柊一っ」

あるいはただ訊《き》いてみただけだったのかもしれない。杏は飛行機のように両手をひろげると、困惑する柊一の前を突っ切って、ぴゅうっと家のなかへ駆けこんでいった。

柊一の取り組みが功を奏して、みけねこ食堂の業績はその後も順調に推移した。

零兄貴ほど見事ではなかったかもしれないが、俺は俺なりのやりかたで苦境を乗り切った――。

4

柊一だけではなく、いまや誰の目にもその事実があきらかになった状況下、反目するふたりが出会ったのはまったくの偶然だった。

その日は夕方から小雨が降りはじめ、夜には強風と豪雨に変わり、店はがらがら。悪天候だと、どうしても客足がにぶるので、手早く店じまいした。

ところがクローズの作業を終えたころ、狙いすましたように雨がやむ。拍子抜けしたものの、天気の気まぐればかりは柊一にもどうしようもない。

一階の和室に杏の布団を敷いてあげているとき、彼女はいった。「たぶん、柊一もたまには早く寝なさいってことじゃないのかな？　夜更かしはお肌の天敵らしいよ」

「お、そうかもな。俺のぴちぴちでつやつやの玉のお肌が――」

「気持ちわるーい。おやすみっ！」

軽い冗談をそれ以上に軽く流して杏は布団をかぶってしまい、柊一は半眼で眉《まゆ》の横をかいた。

その後、杏の助言どおりに早寝してもよかったが、やはりまだ眠くはなかったので、ライダースジャケットを羽織って気晴らしに夜の散歩に出る。

激しい風雨が去ったあとの町をぶらつくのが、昔から理由もなく好きだった。

灰色の空に浮かぶ月はやけに白くまぶしく光り、流れる雲の動きは速い。道路脇には木枝や、折れ曲がった背の高い草が不穏にちらばっている。

商店街には入らず、もの思いにふけりながら静かな夜道を南に歩き、明治通りに出て駅のほうへ進むと、まもなく交差点にさしかかる。

ふと、横断歩道を渡った先に建つビルの上階に、ショットバーの看板をみつけた。

そういえば最近飲んでなかったな、と柊一は夜空をみあげる。

スペイン料理人時代、西麻布にいたころは、仕事あがりに時折なじみのバーに立ち寄り、適度な酩酊《めいてい》と浮遊するような時間を楽しんだ。

地元でも一軒くらい発掘しておくかと思って、柊一はショットバーのある三階へ。

ドアを開けた刹那、来るんじゃなかったと後悔したのは、カウンター席に神崎の姿をみつけたからだ。まさかこんな場所で鉢合わせするとは。

向こうも少し遅れてこちらをみると、一瞬舌打ちせんばかりの表情になったが、直後になに食わぬ顔を取りつくろうと、くいっと指で隣の席にご招待してくれた。

そしていま、柊一と神崎はバーのカウンターで隣り合い、淡い緊張のにじむ顔でテキーラのショットグラスをかたむけている。

店内は壁が一面ガラス張り。夜景がみえるせいか、不思議なくらい開放的であかるく、どこか現実感を欠いてみえるその空間で、先に口を開いたのは神崎だった。

「最近はずいぶん調子がいいようだな？」

「おかげさんでな」

テキーラをぐいっとあおる柊一に顔を向けず、神崎は尋ねる。「というと？」

「最初にあんたの店にいったとき、真っ先に思いついたんだよ。あの仕組みは、もっといい形でうちにも取り入れられるって。えげつないから躊躇《ちゅうちょ》してたが、痛い目に遭わされてやる気になった。そういう意味では、あんたの浅薄さに感謝してるんだ」

「それはそれは」

神崎はくちびるをゆがめてテキーラを飲んだ。「所詮《しょせん》おまえは食われる側だな」

「……なんだって？」

私なら躊躇などしない。相手を食い殺せると踏んだらな、と神崎はいう。

「弱い店は強い店のエサにすぎないし、客は単なる養分。どんな業界でも弱者に未来などないんだよ」

人となりをある程度は把握しているとはいえ、それでもやはり「なんだこいつ」と思わずにいられない。隣にすわる損得勘定の怪物に、柊一はすがめた目を向ける。

「あんた、そんなごりっぱな考えかたで、生きてて楽しいのか？」

「楽しい楽しくないは問題にしていない。私が語っているのは、真理についてだ」

眉間に深いしわを刻む柊一に、「こうして会う機会はもうないだろう。今夜はとくべつに教えてやる」と神崎はいい、奇妙な熱気をはらんだ口調で語りはじめた。

「飲食業界の話に限らない。商売の……いや、資本主義の世界というのは弱肉強食が絶対のルールだ。いうなれば、この社会は経済的な概念に代替された、殺し合いの場なんだよ。服を着た猿が、カネという概念的な獲物を奪い合っているわけだ」

「……あんた、相当酔ってるな？」

神崎の戯《ざ》れ言を柊一は歯牙《しが》にもかけなかった。

「酔っ払いにまともにつきあうほど暇じゃない。俺が来るまでに、どれだけ飲んでたんだよ？　明日、二日酔いで無断欠勤するはめになっても知らねえぞ」

けんもほろろにあしらいつつ、しかし、柊一が彼のそばを離れなかったのは、内心興味をおぼえたからだ。無意識のうちに好奇心と怖いものみたさに駆られていた。

この神崎という男は常軌を逸した行動をするだけではなく、殺伐とした異様な考えの持ち主。なかなかこんな人間はいない。

何者なのだろう。どのような背景をもち、どうしてこんなにも偏向した人格なのだろうか？　アルコールの酩酊感のなか、めまぐるしく疑問が頭を飛び交う。

「酔ってなどいない」

ふいに神崎は薄いくちびるをゆがめると、あざけるように鼻を鳴らした。

「いまいったことをただの妄言だと思うなら、おまえは私と話す価値もない人間だ。まあ、それならそれで手っ取り早くもあるが、実際にはちがう。おまえは賢い」

「……なに？」

「おまえは、私の言葉を心のどこかで真理だと認めているからだ。だから私の話に耳をかたむけずにいられない。そうなんだろう？」

柊一は内心ぎくりとして、次の瞬間にはいい返していた。「ちがうっ」

「いや、おまえにはわかってるはずだ。所詮この世はクソみたいなものだと。きれいごとの皮を引き剝《は》がせば、万事にむきだしの真実がみえる。そこにあるのはカネと、どろどろの汚い欲望だけ。ほんとは理解してるんだろう？　それなのに受け入れられない青臭いガキだから、西麻布の名店をクビになる。たかが食品偽装だろうが」

柊一は、はっと身を固くした。

「調べたのか」

おまえは町の大衆食堂でくすぶってるような男じゃない、と神崎はささやいた。

「大人になれよ、谷村柊一。いちど骨の髄まで汚れて、ガキから大人へ脱皮しろ」

神崎はそういうと、湿度の高い奇怪な熱を双眸《そうぼう》にたたえて柊一の瞳《ひとみ》をのぞく。

「そうすれば、きみと私はいいパートナーにもなれるんじゃないのか？」

こいつは——。

空気がヘドロに変わったような息苦しさを感じた。神崎の視線は針のように鋭く、柊一の角膜を突き抜けて入りこみ、脳髄を浸食してきそうな異様な迫力があった。

「……いい加減にしろ！」

柊一は空のショットグラスをカウンターに強く打ちつけ、邪気を振りはらった。

「たしかに世のなか、きれいごとばかりじゃねえよ。理不尽だし、こんなのやってられないと思うときもある。眠れないほど苦しい夜なら山ほど経験してきた。でも、だからって、おまえみたいにみっともないほうへ逃避してたまるか」

「なに？」

「俺は絶対に逃げたりしない！」

なぜかはわからないが、そのとき柊一の脳裏には杏の姿が思い浮かんでいた。ちいさな体で無邪気に柊一の腕のなかに飛びこんできて、しあわせな笑顔をみせてくれる子。そのときの甘いような匂い。壊れてしまいそうなほど、やわらかな感触。守らなければならない、かけがえのないものの存在を自分は全身で理解している。それを知らない神崎のほうこそ、よほど青臭いガキだと柊一は断じる。

「そこが仮に汚い場所なら、全部じゃなくたっていい。少しでもまともな場所にしたいと思わないのか？　俺はそう思える自分でありたい。俺自身のために」

決してきれいなだけの場所ではないけれど、杏をはじめとした子どもたちが、これから精一杯生きていく世界。大人がそれを価値のないものにおとしめて、いい理由があるだろうか？　そんな権利はない。

柊一が眼底をみすえると、神崎は真っ向からそれを受け止め、逆に鬼気迫る迫力で睨《にら》み返してきた。アルコールの興奮のせいもあっただろう。激しく視線が衝突し、目にみえない精神の小片が、ふたりのあいだにおびただしく散乱する。

やがて短く息をついて、先に視線を切ったのは神崎だった。

「……これ以上は話しても意味がない」

そういうと、呆気《あっけ》なく席を立って、神崎は店の出口へと歩き出す。

「待てよ、神崎！」

柊一の声に彼はゆっくりとふり返った。「いままでは様子見していただけだ。私には業界の頂点に立つ義務がある。おまえは懐柔できない相手のようだから、障害として排除することにした。楽しみにまってろ」

「なんでだよ。どうしてそこまで？」

あまりにも凝り固まった態度に納得がいかず、柊一が問いただすと、不気味な微笑を浮かべて神崎は口を開く。そして返ってきたのは驚くべき言葉だった。

柊一はまさしく瞠目《どうもく》した。

それが文脈的に、まったく理解不可能な発言だったからだ。虚をつかれて柊一の頭は真っ白になり、ついで激しく混乱する。いまのはどういう意味なんだ？

――見下し、馬鹿にしたいから。

そんな謎のこたえを返して、神崎はショットバーを立ち去ったのだった。

5

神崎充《みつる》は、茨城県のそれなりに裕福なサラリーマン家庭で育った。

ふたり兄弟で、兄は五歳年上。

子どものころから成績優秀だった神崎とちがい、兄は勉学もスポーツも得意ではなかったが、親切で寛大な性格だった。年が離れていることもあったのだろうが、嫉妬《しっと》など一切せずに弟をかわいがってくれた。神崎も本心から兄になついていた。

「困ったことがあったら、なんでも俺にいいな、充。もっとも、俺にできる程度のことなら、おまえは自分でなんとかしちゃいそうだけど」

「そんなことない！　ぼく、おおきくなったらお兄ちゃんみたいになりたいんだ」

「そっか……。うれしいけど、おすすめはできないな」

複雑そうに苦笑する中学生の兄に髪をかきまわされて、当時小学生だった神崎は、わけもわからず幸福な気分を味わったものだった。

無邪気だった少年時代はまたたく間に過ぎ去り、やがて兄弟はそれぞれの道へ。

兄は高校を卒業したあと、電子機器をあつかう中小企業の工場に勤務。

神崎は東京の国立大学に進学して、卒業後は一流の総合商社に就職した。もちろん幹部候補生として。

以後、神崎は敏腕の商社マンとして各地を飛びまわる多忙な日々を送り、盆も正月も茨城の実家に帰ることはなかった。激務ゆえに、家族ともすっかり疎遠になった。

だから、かつて慕っていたあの兄が、絶望のどん底に落ちていたことにもまったく気づかなかった。

兄が自殺未遂したという知らせを聞き、あわただしく実家に戻ったのは神崎二十七歳の夏。静まり返った屋内と対照的に、外ではセミが狂ったように鳴いていた。

兄は神崎の顔をみても弟だとわからなかった。それどころか、神崎も目の前の男が兄だとは、とても思えなかった。

まるで別人だった。兄の頬はげっそりとこけて眼窩《がんか》は落ちくぼみ、肌は土気色。幽鬼のような容貌《ようぼう》となりはてた兄は、布団の上で要領を得ないうめき声を洩《も》らすだけで廃人同様の風情だった。

「なにがあったんだ」

わけのわからない感情に支配されて、体をふるわせながら神崎が尋ねると、母は涙も涸《か》れ果てたという顔でこうこたえた。

「……あんた、この子が外食チェーンストアの店長やってたのは知ってた？」

神崎は一瞬意味がわからなかった。「え？　工場は？」

「そっちは、とうの昔に辞めたよ。もともと、起業するための資金を貯めてたらしくて、予定の金額に達した時点で退職したんだ」

あたしたちは必死に止めたのに、と母は細い肩を落とす。

──夢を追い、好きなことで食べていく。男なら一国一城の主《あるじ》にならなきゃ。

それが当時の兄の口癖だったらしい。

満を持して乗り出したのはフランチャイズの外食チェーンの店舗経営。嘘か誠か、うまくいけば年収一千万円も可能なのだという。

ところが夢であったはずのそれが、残酷にも兄を人生のどつぼへと突き落とした。

「向いてなかった……」

すっかりちいさくしぼんでしまった六十五歳の父が、自嘲《じちょう》的にそうこぼした。

「経営向きの性格じゃなかったんだ、あの子は。人がよくて、素朴なところのある子だった。ずいぶんがんばってたみたいだけど、店はずっと赤字続きだったらしい」

父から聞いた顚末《てんまつ》は我が兄のことながら類型的すぎて、世間の裏表を知悉《ちしつ》していた神崎には、ありありと目に浮かぶようだった。

解消できない赤字と、それでも本部に支払う必要がある高額のロイヤリティ。開店費用につぎこんだ八百万円を取り返すどころか、負債ばかりが着々とふくらむ。

ふいに兄の精神の暗い天蓋《てんがい》から、ぽとりとしずくがこぼれ落ちてくる。気づけば地面には、いくつもの水たまり。それはずっと前から漏れつづけていたのだ。

薄暗い心にとめどなく雨漏りがするなか、兄は人件費を削り、休日もプライベートも返上して、馬車馬のように働く。それでも赤字は累積するばかり。

いつしか兄は本格的に精神を病んで、顔つきもどんどん悲愴《ひそう》になっていった。

やがて、夢だった店はとうとう立ちゆかなくなり、あとには膨大な借金だけが残される。失意の果てに、苦しみのない天上の国へ旅立とうと考えた兄は、店の屋上からふわりと舞い、イカロスの神話のように地面に落ちた。

病院で一命はとりとめたものの、心は彼方《かなた》から帰ってこられなかったのだろう。

「兄さん……」

神崎が顔を近づけても、兄の瞳はうつろで、なんの反応もなかった。

思い出す。ずっと忘れていたが、昔はほんとうに兄を慕っていたものだった。血を分けた兄弟なのに、なぜいままで連絡も取らずにいたのだろう。

いまさらのように過去のことが悔やまれるも、もう取り返しはつかない。

後悔、悲しみ、憎しみ、恨み——。もっとも強烈なのは許せないという怒り。

いつしか激情の触手が無数にうごめき、深海生物のように怪しく絡み合って、神崎の脳裏に異形の動機を形づくった。その精神の怪物が、兄の前で誓いを結ばせる。

「兄さん、安心しろ……。あとのことは俺がやる。手始めに、兄さんと同じ店で成功してみせるから」

神崎は冷たくくちびるの端をもちあげた。

「いずれは業界の頂点に君臨して、なにもかも見下してやるつもりだ。兄さんを壊したもののすべてを、徹底的に嘲笑《あざわら》ってやる」

食品にかかわる、あらゆるものを馬鹿にするために、外食業界のトップを目指す。

そんなゆがんだ欲求が、神崎のなかで燠火《おきび》のように暗い芯《しん》となったのだった。

まもなく勤務していた商社を辞めた神崎は、兄と同じフランチャイズ店に加盟。

最初こそ素人だったものの、もちまえの頭脳と忍耐力で着実に経営の知識をその身に染みこませていく。

最初の店は経験不足ゆえに成功させられなかった。だが、目端の利く神崎は容赦なく従業員のクビを切り、傷が浅いうちに撤退して、ダメージを最小限に抑えた。

その後も研究の月日を重ねて、今度は絶好の立地といえる三ノ輪橋の駅前に出店。もうつまずいている暇はない、というのがいまの神崎の偽らざる心境だ。この店で加盟店一の実績をつくりあげ、頂点にのしあがる足がかりにしてみせる。そのためなら神崎は死に物狂いで、どれほどあくどい手段でも使うつもりだった。

6

朝から微妙にそわそわしながら仕込みの作業をして、ほぼ一区切りついたあたりで食事ができたと良樹が厨房《ちゅうぼう》に呼びに来た。コックコートを脱いだ柊一が居間に顔を出すと、家族はすでに座卓を囲んで朝食をとっていた。

悠司以外は。

「なんだ。肝心のあいつがまだ来てねえのか」

拍子抜けする柊一に、ごはんを口いっぱいにほおばって杏がこたえる。

「ふぁふぁへふぇるんふぁふぁい?」

「……いや、その状態でこたえなくても。飲みこんでからでいいから」

ともあれ、「まだ寝てるんじゃない?」と杏はいったのだろうと柊一は察する。今日は悠司にとって大事な日だから、とっくに起きていると思っていたのだが。

先日の着ぐるみ騒動のさなか、悠司は中途採用の面接を受けて、見事に一次を通過した。そして今日はその二次面接があるのだった。

その会社では、中途は二次が最終面接らしく、だからいわば今日が天王山。うまくいけば無職生活ともお別れできる。

性格に少し隙はあるものの、悠司はもともと頭の回転が速く、仕事もできる男だ。実際、みけねこ食堂のウェブサイトの構築やSNSの更新など、柊一にとっては面倒な仕事を高いレベルでさりげなくこなしてくれていた。

ものごとをさりげなくこなせるのは高度な技術を持っているからだろう。ぜひ実力に即した会社に認められ、めでたく採用されてほしいものだと柊一は思う。

「ほっときなよ。遅刻するまで寝かせておいてやるのも、一種の家族愛でしょ」

珊瑚は例によって皮肉にそういい、良樹は「そろそろ起きてくるんじゃない？」と楽観的に応じて、海苔《のり》で巻いたごはんをおいしそうに口に運ぶ。

まったく、と柊一は頭をかいた。

なんだかんだでふたりはまだ学生だから、ことの重要性を実感できていないのだと思う。早めに起き、朝食を食べ、万全のコンディションで面接に挑んでほしい。

「しょうがねえな。起こしてくるか」

すると、ごはんをこくんと飲みこんで杏も立ちあがった。「わたしも手伝う！」

居間を出た柊一は首の後ろを無造作にかきながら、そして杏はスキップするように階段をのぼっていく。

悠司の部屋のドアをノックしても返事がなかった。やはり寝ているのだと判断して柊一はドアを開け放つ。

「おい悠司、今日は――」

刹那《せつな》、ぎょっとして柊一は言葉を失った。悠司は寝てはいなかった。机の上に置かれたパソコンのデュアルモニタを食い入るように凝視して、両手で頭を抱えている。

ふり返った悠司の目は充血していた。「やばいよ兄貴、とんでもないことになった」

「どうしたんだよ?」

「ネガキャンされてる!」

「え?」

ネガキャンとはネガティブキャンペーンの略。もともとは対立候補の評価を落とす選挙の用語だが、最近ではネットで行われる匿名での工作活動として有名だ。

不審に思いながら悠司が指さすモニタをのぞいた柊一の心臓が、どくんと跳ねる。

モニタに映っていたのは、有名なグルメサイトの、みけねこ食堂のページだった。

低評価がずらりとならび、レビューの内容はどれも目が点になるようなものばかり。

いわく、『犬の食う料理』『そのまずさに、涙する!』『客に喧嘩《けんか》売ってるとしか思えない』――。

唖然《あぜん》とするような無茶な書きこみが大量に投下されており、みけねこ食堂の評価は
五つ星のうち、星ひとつという不名誉をいただいていた。

「……なんなんだこれ」

不快感をこらえて柊一がつぶやくと、悠司は悄然《しょうぜん》と肩を落として応じる。

「昨日の夜、何気なくグルメサイトをみたら、こんなふうになってて……。ごめん、兄貴。いままで気づかなかった。店の公式サイトとSNSで宣伝はしてたけど、口コミサイトのことはすっかり頭から抜け落ちてた」

「え……。そうなの？」

そこが抜け落ちるというのも、少しのんびりしたところのある悠司らしい話だが、ひとまず柊一は深呼吸して心を落ち着けた。

あらためて丹念にページをみていくと、低評価の数はたしかに多い。

でも、いずれも特定の時期から不自然に急増していて、あきらかに怪しかった。

一見、レビュアーは大勢いるが、いずれもレビューしている店の数はすくなく、活動している期間も短い。継続性のない、いわゆる単発レビューに近いものばかりだ。

「おいおい、わかりやすいな」

あまりにも安易な工作に、立腹しつつも苦笑してしまった。

通販サイトや口コミサイトのアカウントは、複数のメールアドレスを取得すれば、ひとりで無制限に別人を装える。大量のレビューにみえるものが、じつはメールアドレスの使い分けによる単一人物のしわざというケースもすくなくない。なんにせよ、消費者を騙《だま》して金儲《かねもう》けしようという態度は誠実なものとはいえないだろう。

「ごめん……。ほんとにすまない、兄貴」

顔を床に向けて、悠司は血を吐くように謝った。

「ネットのことはまかせとけ、なんて豪語しておいて、この体たらく……。ないよ。本気でありえない。いま俺、自分が心底ふがいないよ」

「おいおい、なにいってんだか」

柊一は少し無理して笑うと、悠司の肩をぽんと叩《たた》いた。「おまえが謝ることじゃねえだろ。俺だって気づかなかったんだから。それより、ほかのウェブ関係の仕事、いつもぜんぶやってくれてサンキュな。あれ、マジで助かってるんだ」

「兄貴……」

ゆっくりと顔をあげる悠司の背中を、ばしんと張って柊一は元気づける。

「それよりほら、今日は面接だろ？　おまえはいま、おまえのことだけ考えてればいいんだ。とりあえず朝メシ食いな」

杏もきまじめな顔で悠司の体をゆさぶる。「元気出して、悠司っ！」

気を抜けば急速に沈んでいきそうな重い空気から逃れるように、柊一と杏はそそくさと悠司を立たせると、背中を押して部屋の外へと連れ出す。

とにかく、いまは目の前のことに集中してほしい。昨夜の夕食の席ではめずらしく張り切り、今度こそ内定をもらうと怪気炎をあげていた悠司なのだから。

悠司はしょんぼりと階段をおりながら、「そんな気分に……兄貴ならなれる?」と、うめくように洩《も》らしたが、柊一はあくまでも強気に「おまえもなれる」と返した。

7

「えっと……。なにはともあれ、お疲れさま」

気まずそうに微笑む良樹の言葉に、うなだれた悠司は重い沈黙を返してよこした。

その日の夕食の席だった。

先ほど面接を終えて帰宅した悠司は、声をかけるのを一瞬ためらうほど暗い顔をしていた。柊一が面接の話題をふると、もう笑うしかないという顔で悠司は応じる。

「落ちたと思う。確率は、百パーセント」

ぎょっとする柊一に、大失敗したんだと悠司は語った。朝のことを引きずった精神状態で面接に挑み、先方の望む受け答えが、なにひとつできなかったのだと。

やさしくて義理がたい悠司の性格上、その場その場で気楽に頭を切り替えるような、小器用な真似ができなかったのだろうと思って、柊一は心を痛めた。

最後は「もうけっこうだ」と業を煮やしたように面接官は話を打ち切ったそうだ。

そしていま、夕食の座卓についている悠司が魂をふりしぼるようにつぶやく。

「クズ……」

「え？」

悠司は自分の手のひらをみつめて、かすれた苦渋の声を洩らす。

「家族のためにも、社会の役にも立てなくてさ。いつもみんなの足を引っ張ってばかりだ。俺ってほんと、なんの役にも立てないクズだよ」

「悠司兄さん……」

悲しそうに眉根《まゆね》をよせる良樹の横から、たまらず柊一は口を出した。

「そんなわけねえだろ！」

鋭い語気で一喝したあと、相手の状況をかんがみて、口調を多少やわらかくする。

「いや、悠司はじゅうぶんよくやってるって。それにさ、百パーセント落ちたとかいうけど、結果が出る前にあきらめてどうすんだ。いいか？　こういうのはおまえが決めるんじゃないの。先方が決めんの。そこんところ、わかってんの？」

良樹がぱっと表情をかがやかせる。「そうだよ。案外受かってるかもしれない！」

もっともらしい顔で珊瑚も「シュレディンガーのみけねこだね。いまは採用と不採用の重ね合わせの状態」などと意味不明なことをいい、煙に巻こうとする。

「みんな……」

そのやさしさが痛いというふうに悠司は顔をしかめるが、ふいに京が「どうなんだい。みんなのいうとおり、まだ結果は出てないんだろ？」とおだやかに問いかけた。

「うん。一週間以内に連絡するって話だけど」

そんな悠司の言葉を、「そうか……」と竜也が仏頂面で引き取ってつづけた。

「だったら、いまは待つしかねえ。メシにするぞ、メシ！」

悠司はくちびるを嚙《か》んで、ぐっと言葉をのみこむ。

そして、その日の夕食は、じつに陰々滅々としたものになった。

悠司の面接のことだけが理由ではない。あれから家族全員がネットでのネガティブキャンペーンのことを耳にして、内心気を滅入《めい》らせていたからだ。

悠司の面接が大成功していれば、その負の話題を吹き飛ばせる気もして、微妙にあてにしていた部分もあったのだが、花に嵐だ。望みは想定どおりには咲きほこらず、むしろ無惨に散ってしまった感がある。

「しかし、ままならねえもんだな、世のなかってのは……」

半分やけになったように、せわしなくごはんをかっこみながら竜也がいった。

そうかもしれないな、と柊一は静かに食事をしながら考える。

幼いころはまったく共感できなかった父の言葉が、年齢を重ねるほどに身にしみる。

そして考えさせられる。俺くらいの年齢のとき、父はなにを考え、どんなことに悩み、なにを喜びとしていたのだろう?

解決できない問題が雪のように降り積もり、次第に身動きがとれなくなっていく。

それが人生というものなのだろうか?

いや、黄昏《たそが》れている場合じゃない、と柊一は迷いを勢いよく振りはらった。

今回のネットの中傷騒動の件は、あきらかに神崎が裏で手を引いたものだろう。おとなしく泣き寝入りするつもりはなかった。

だが、首謀者が彼だという確信はあっても、いまのところ証拠がない。

また、自分では手を下さずに業者を使ったというケースも当然ありうる。書きこみ一件につき、百五十円。そういった風評形成のアルバイトはクラウドソーシングで山ほど委託されているという。

やがて珊瑚がぼそりと訊《き》いた。「法的に対処する?」

柊一に顔を向けず、珊瑚は淡々と食事をしながらつづける。

「こういうのって、じつは匿名じゃないから。サイトにIPアドレスの開示を求める仮処分を申請すれば、書いた者のプロバイダを特定できる。あとはそのプロバイダに個人情報の開示請求を出すだけ。ネットに強い弁護士なら何人か紹介できるけど？」

悠司にはわるいが、あとは珊瑚にまかせるべきだろうか？

思案する柊一に、珊瑚はため息まじりにこぼす。

「いかんせん、数がとんでもなく多いけどね」

柊一もつられて嘆息した。「ああ。やるならやるで、相当時間がかかりそうだ」

法的なことにくわしい珊瑚でも、これだけの草の根運動に対処するのは骨が折れるだろう。それらがすべて片付く前に、店の売上に影響が出ないはずはない。

近いうちに客足は――。

次第に暗澹《あんたん》とした気分になってきて、柊一は眉間《みけん》を揉《も》む。いくら努力や工夫をしても、結局は客を騙しておどらせるという卑劣な手段がいちばん強力だというのか？

救いの声が降ってきたのはそんなときだった。

「わるいことばかりはつづかないよ」

突如、杏が凜《りん》と澄んだ声でそういった。「みんなが正しいやりかたでがんばってるのをわたしは知ってる。わかる人にはちゃんとわかるよ。伝わるよ」

「杏……」

「だって、大事なものっていうのは、言葉とは関係ないところにあるんだから」

まったく、と柊一は思う。もうこれで何度めになるだろうか。子ども特有の純粋で深い言葉が清々《すがすが》しい水のように胸に浸透し、黒く変色しかけていた心を洗い流す。

それはほかの家族たちも同じだったらしく、皆が箸《はし》を動かす手を止めて、杏の言葉の意味するところを考察し、咀嚼《そしゃく》していた。

当たり前のことというのは得てして軽視されがちだが、実際は重要だ。人が人を決して信頼できないのだとしたら、この世に生きる価値なんてあるだろうか？

信じて、地道にやっていこう。俺は俺で堅実な仕事をつづけるしかないのだと柊一はあらためて決意した。

認めよう。たしかに神崎には、大衆を扇動する卓越した手腕がある。

それは常人にはできないことだし、まちがいなく強力だとも思うが、俺には好きな料理に一途《いちず》に打ちこんできた情熱と真摯《しんし》さという武器がある。

嘘と真実——。往々にして前者が勝つのが世知辛い現実というものだろう。でも、それをくつがえすのは不可能ではないはずだ。この子のためにも負けられない。

心にそう誓い、柊一が静かに頭をなでると、杏はやわらかな笑顔をみせてくれた。

8

悠司に不採用を告げるメールが届いたのは、二次面接から四日後のことだった。

その文面をみたとき、悠司は「やっぱり」と思ったし、そもそも最初から落ちるとわかっていた。

あの日は、ネット工作を見逃していたという失態が悠司の頭の大部分を占めていて、気の利いた自己アピールができる心理状態ではなかったからだ。

面接とは、煎《せん》じ詰めれば会話のやりとりによる思考力の計測と、人格の見極め。自分のことをふがいないと思いながら交わした言葉で、いい印象を与えられるわけがなく、しかし、それがわかっていても受け取れば落ちこんでしまうのが不採用通知というものだ。

自分は価値のない人間。

あらためてそれを思い知らされて、悠司はこの世から消え去りたい気分だった。

「もう……どうでもいい」

昼間からカーテンを閉め切った暗い自室で、デュアルモニタを死んだ目で眺めながら悠司はつぶやく。その顔からは表情がすっかり抜け落ち、まるで蠟人形《ろうにんぎょう》のようだ。

視線の先のモニタにはTV番組が映っている。

内容は街頭インタビュー。新人アナウンサーがリポーターとして、新橋《しんばし》のSL広場を歩く若い会社員に、五月病になっていないかと仕事の調子を尋ねていた。

「入社して何年目ですか？」

アナウンサーにマイクを向けられたスーツ姿の若者が明快にこたえる。

「一年目です。入社が四月なので、実質的には一ヶ月とちょっとですけどね」

「職場にはもう慣れましたか？　五月病などには？」

「うーん、よくいわれますけど、五月病ってほんとに存在するんですかね？　僕のまわりには見当たらないです。皆さん、仕事ができる人たちばかりですからね」

モニタをみながら悠司は無表情で毒づいた。「はいはい」

無論、その声はどこにも届かず、モニタ内の若者は流暢《りゅうちょう》にコメントをつづける。

「人ってやっぱり仕事をしてるときが、いちばん充実してると思うんです」

悠司はふたたび無表情でつぶやいた。

「よかったねよかったね……って、うるさいよ」

スーツ姿の若者に非はないと悠司も頭ではわかっている。でも、成功している人やプラス思考で生きている者がいま、無性に苛立《いらだ》たしく感じられるのはなぜだろう？

落ちこんでいるときに聞く他人の自慢話ほど、精神をむしばむものはない。

だが、わるい習慣ほどやめられないというのもまた、現実ではある。

自虐的な気分に流されるがまま、意識の高い新社会人のインタビューを悠司はとめどなく視聴しつづけた。

最低だ、と悠司は自分でも思う。なにやってんだろう俺。

いつになっても再就職先が決まらず、実家に居すわる無職生活。威勢よく引き受けたネットの件でも失態を演じて、店と家族にひどく迷惑をかけてしまった。

そう、みけねこ食堂はいま、例の風評被害のせいで客が激減しているのだった。

兄の柊一は「心配ねえよ。まだまだ余裕はある」と虚勢を張っているが、こっそり会計ソフトのデータを調べたところ、売上は以前の半分以下に落ちこんでいた。

業績の悪化はいまも進行中だから、今後はさらなる危機的状況におちいるだろう。

もちろん、ネットの中傷の書きこみの削除要請は、珊瑚が当該サイトに出しているものの、なにしろ数が多く、また、サイト運営側からの連絡が遅いこともあって、思うように進んでいない。逆に店の業績悪化は着々と進んでいる。

「俺のせいで……」

なんでなんだ、と悠司は低くうめいた。

どうして俺ばっかり。

俺は世間に拒絶されているのか。どこにも受け入れてもらえない存在なのか。

心がからからに渇いて次第に頭痛がしてきた。机の上のお茶を飲もうとしたが、空になっていることに気づき、仕方なく部屋を出る。一階で水でも飲もう。

暗い部屋の外はげんなりするくらいあかるく、夜じゃなかったのかと悠司を愚痴らせた。無職の一日はときに短く、ときには引き延ばされたように長い。

階段を下りて一階に着くと、ほんのりいい匂いがした。なんだろう？　誘われるように香りのするほうへ近づいていくと、家族たちがキッチンで料理をしており、悠司は思わず廊下に隠れて様子をうかがう。

柊一、珊瑚、良樹だけではない。杏と竜也と京も勢ぞろいして調理中だ。

まな板の上の鶏肉《とりにく》を柊一が包丁でひと口大に切りわけて、次々とボウルに入れていき、そこに竜也が調味料を何種類か合わせたタレを加えて揉み、漬けこんでいた。

珊瑚と良樹と杏は、ボウルで小麦粉や片栗粉などを混ぜている。

「悠司は好きだったからなあ、あの鶏のからあげ」

皆に手際よく指示を出しながら柊一がいった。「人間だから、たまにはへこむこともあるだろうけどよ。好物を食べれば、少しは元気出るだろ」

柊一の言葉に、杏があかるくうなずく。

「柊一のそういう単純なところ、わたし、好きだな」

「単純っていうな。こういうのはシンプルっていうのっ」

柊一と杏のやりとりを横目にみながら良樹がさわやかに笑った。「シンプルがつねにベストとは限らないけど、今回は伝わりやすくていいんじゃないかな」

「そう？　俺なら、あえて嫌いなものを食べさせて奮起をうながすけど」

そんな珊瑚の言葉に、「素直じゃないなあ」と良樹は杏と目くばせして苦笑する。

今晩の夕食は鶏のからあげ、と悠司は胸のうちでつぶやいた。

——家族たちは、俺を励ますための料理をつくってくれている。店の売上が苦しいこんなときなのに。その原因をつくった俺を元気づけるために、家族みんなで。

ありがたさが身に染みこみ、ふいに悠司の胸の奥から本来の自分らしいあたたかな感情が湧き出してきた。それが、憂鬱《ゆううつ》で不活発な状態にあった全身の細胞にいきいきとした力をよみがえらせ、突如、脳に冴《さ》えた発想をもたらす。

「そうか。俺にもできることがあった」

店のため。そして家族のために。

悠司は静かに廊下を引き返すと、散らかった自分の部屋のあちこちをかきまわした。最近使っていなかったデジタルビデオカメラはすぐにみつかった。

三十分後。その日の夕食は、だれもみたことがないような壮観なものとなった。

「うわ。なにこれっ？」

献立を知っていた悠司もつい啞然《あぜん》とする。「ちょっと……すごすぎない？」

食卓の中央には、山盛りのからあげの皿が複数ならんでいた。きつね色のピラミッドが何個も屹立《きつりつ》するような少々やりすぎな光景を前に、兄の柊一がぼやく。

「だよな……。はりきって、少しつくりすぎた」

うーんと悠司は意味もなく頭をかいた。「いくらなんでも食べきれないよ」

「そう？　悠司兄貴は、うちの家族が力を合わせたときの食欲をみくびってない？」

いい台詞《せりふ》のような、そうでもないようなことを珊瑚がいい、皆を苦笑させた。微妙な空気を引き取るように杏があかるくいい放つ。

「とりあえず食べようよ。おなか空《す》いたっ！」

そして、鶏のからあげ尽くしの晩餐《ばんさん》がはじまったのだった。

「ほら悠司、これ食え。おまえ、好きだったろ」

柊一につづいて杏が動く。「これも食べてね！」

食事がはじまった途端、悠司の前に置かれた皿は、家族みんながとってくれた特大のからあげで、またたく間に山盛りとなる。香ばしいからあげの匂いと家族たちのやさしい気持ちで、悠司は胸がつまった。

ありがとう……ほんとに。

眼鏡の奥でそっと瞼《まぶた》を閉じ、悠司は心から感謝する。

自分は不幸な人間なんかじゃない。この家族の一員として生まれてきて、皆に受け入れてもらっている、だれよりも恵まれた男だ——そう思った。

そして、憂鬱な気分と湿っぽい空気を振りはらうように、悠司はからりと笑う。

「よーし。じゃあ食べるぞ！」

「おう、食え食えっ」

皆の笑顔に囲まれて、悠司は鶏のからあげを箸《はし》でつまむ。こんがりと香ばしそうな茶色のなかに、かすかに片栗粉の白い粉が残っていて、無性に食欲を誘った。

口に運んで歯を立てると、香ばしい皮の感触が、ぱりっ！　それを底まで噛《か》むと、じゅわっとジューシーな肉のうまみが溢《あふ》れ出してきた。

うわあ、うまいっ。

思わず声をあげたくなるほど、むっちりとやわらかい鶏肉だった。火の通しかたが絶妙だから、しなやかさを残した肉の繊維を心地よく噛み破ることができる。

きっといい肉なんだろう。程よく脂がふくまれており、噛めば噛むほど肉汁がたっぷりとにじみ出てきて、旨味《うまみ》が口のなかいっぱいにふくらんだ。

鼻孔からは、しょうゆや酒やみりんを少し焦がしたような匂いが流れこみ、舌の上には、香ばしくてさっぱりとしょっぱい、鶏肉のおいしさがひろがる。

たまらない。やみつきになりそうな香りと、味と、食感の三重奏。

さくっとぱりっと悠司は次々とからあげに歯を立てて、じゅうんと染み出てくる鶏の肉汁のうまさのとりこになる。

白いごはんがまた、からあげによく合うこと。

ごはん、からあげ、レモンに塩と、ちょっぴり箸休めの生野菜。それさえあれば、人はしあわせに生きていける。いまは声を大にしてそういいたい。

「うまいか？」

やがて兄の柊一が目を細めて訊《き》いてきたので、悠司は間髪をいれずにこたえた。

「おいしい！　心底おいしいっ。これってあれだよね、母さんの——」

「ああ。店のからあげじゃなくて、母さんのレシピを俺なりに再現してみた」

やっぱりそっちのほうをつくってくれたんだ、と心打たれる悠司に、柊一は雄々しく口角をあげて語る。

「揚げると水分が蒸発するから、下ごしらえの段階で肉にしっかりタレを染みこませておく。その時間配分がジューシーからあげのコツなんだ。漬けこみすぎると浸透圧で味が抜けちまうからな。タレの成分は、しょうゆと酒とみりんと水としょうが。どこにでもある材料でも、工夫すればおいしくなるって例の見本だ」

繊維の奥までタレが染みとおると、風味と水分が肉と一体化して、高熱の油で揚げてもぱさぱさにならない。だからジューシーからあげ——。

そんなふうに語る兄の柊一をみながら、悠司は不思議な感慨にとらわれていた。

好きだったなあ。

子どものころ、母さんがつくってくれたからあげ。

あれはほんとうにおいしかった。母さんの料理のなかでも、いっとう好きだった。

思い出す。

夕方おなかを空かせて帰ってきたとき、今日はからあげだよー、と母さんから聞かされたときの、あの心が華やぐような気持ち。あの浮き立つ喜びと安心感。食欲を誘うからあげの匂い。みんなでわいわい囲んだ幸福な食卓。なにひとつ忘れていない。

あれから長い月日が流れて、いまはもう、いろんなことが変わってしまった。時間は元に戻らない。失われたものばかりで、大好きだった母さんもいないけど――。

母さんの料理を食べて育った柊一兄貴が味を受け継いで、また同じように俺たちにごちそうしてくれている。どれだけ時間が流れても、このおいしさは変わらない。だから家族というサイクルのなかで、いまも母さんは生きている。

家族とは、なんて不思議なものだろう。

いま、悠司はその神秘に深く打たれ、年月を超えて胸にせまってくるような感動に心をふるわせる。そして顎《あご》をぐっと引いた。

燃えるように熱くなった胸を押さえると、決然と顔をあげて家族たちをみまわす。いつまでも、うつむいてはいられない。俺はひとりじゃないんだからと思いながら悠司は力いっぱい破顔してみせた。

「兄貴、みんな、今日はありがとう。心の底から感謝する。俺、絶対にへこたれないから。いまはたしかに無職だけど、なにひとつあきらめたりしないから！」

くしゃくしゃの顔で泣き笑いする悠司に、がんばれと家族の皆があたたかな言葉をかけてくれた。

9

それからしばらくのあいだ、坂道を転がるように客足は減りつづけて、みけねこ食堂は商売あがったりの日々がつづいた。ほぼ開店休業のときもあった。

だが、きっかけはなんだったのだろう。いつのころからか徐々にいきおいが戻ってきて、枝分かれした水の流れが合流するように店はまた活気を取り戻していった。

不思議だ。とくに施策を講じたわけでもないのに、と柊一は内心首をかしげていたが、ある日だしぬけにその理由が発覚する。

休日の午後二時すぎに昼の営業が終わり、客のいない店内で片づけの作業をしていたときだった。ふと詩香が首をこきこきと左右に倒し、深呼吸したのがみえたので、柊一は厨房《ちゅうぼう》から店側に出ていき、声をかけた。

「平気か、詩香さん。疲れた?」

「あ、いえ、だいじょうぶです。少し肩が凝ったので」

詩香は頬をゆるめた。「でも今日はずいぶんお客さんが来てくれましたね。大繁盛」

「ああ……。最近、妙に調子いいんだよな。釈然としないことに」

修一はこめかみを無造作にかくと、逡巡《しゅんじゅん》の末に訊いてみた。「なあ詩香さん。うちの店、どうして持ち直したんだと思う？」

グルメサイトに大量に投稿された悪評は、珊瑚の問い合わせのおかげで徐々に削除されていってはいるものの、まだだいぶ残っているという。

つまり、この店の評価はネット上では依然として低いままだ。それなのになぜ？

「そうですね……。わたしはあまりその手のサイトを使わないので、あくまでも素人の予想になりますけど」

詩香は細い指で眼鏡を押しあげた。「みなさん、嘘を見抜いてるんじゃないですか？レビュアーの活動履歴とかをチェックして、信頼性を検証してるんだと思いますよ」

「なのかな？」

「たぶん。そうじゃないとすれば——」

そのとき、唐突に入口の扉が開いた。

幽霊のようにゆらりと店に入ってきたのは、あろうことか神崎だった。

脈絡のない突然の来店に柊一は度肝をぬかれたが、驚くべき点はそれだけではない。

神崎の髪は乱れて目は血走り、顔はげっそりとこけて、あきらかに憔悴《しょうすい》していた。

柊一が理由を問いただす前に、神崎が振りしぼるようなうめき声を出す。

「……助けてくれ」

一瞬、聞きまちがいかと柊一は思った。「なんだって？」

「助けてくれ！　そういったんだ」

やけになったようなその口ぶりからは、余裕のかけらも感じられない。

また姑息《こそく》な策をしかけてくる気かと最初は警戒したが、神崎のやりかたは基本的に陰湿だし、直接こうして前に出てくるスタイルとはちがうだろう。なによりもいまの彼は心底弱り切っているように柊一にはみえた。

「なんだよ、どうしたんだ？」

腕組みして問う柊一に「とぼけないでくれ」と神崎は押し殺したような声を出す。

「例のネットの炎上さわぎのせいで、客がまったく来ない……。ボイコットされるようになった！」

どういうことだと柊一はとまどう。悪評レビューを大量に投下されて被害をこうむったのは、うちの店のはずだと眉《まゆ》をひそめていると、神崎は卑屈な表情でいった。

「あのプレゼン動画……みけねこダイレクトとかいったか？　あれでおまえが、私を擁護するコメントでもしてくれれば、たぶんこの炎上も鎮火できる。うちの店はこのままじゃ終わりだ。金はいい値を払うから、やってもらえないか……？」

神崎はプライドをかなぐり捨てたように下手に出て、そんな意味のわからないことを口走る。「いいから落ち着け」と柊一は彼を一喝してつづけた。

「わるいけど、なにをいってるのか本気でわからねえんだよ。最初から順を追って話せ。みけねこダイレクト？　それってなんだ」

神崎は一瞬ぽかんと真顔になり、「知らないのか？」とこぼした。

「あの動画はおまえらが自前でつくってるんだろう？　まさか……おまえ、自分の店の公式サイトもみていないのか？」

うっと柊一は口ごもる。たしかに店のウェブサイトを最近はみていなかった。

悠司がつくってくれた当初は感心して毎日閲覧していたが、仕事と杏の世話が忙しくて次第になおざりになり、近ごろはほぼアクセスしていない。

制作者の悠司からは、とくになにも聞いていないが――。

みてみるかと思い、柊一がスマートフォンで店の公式サイトにアクセスすると、トップページに新しく、ねこのアイコンが追加されていた。

みけねこダイレクトと書かれたそのアイコンを押すと、動画がずらりと一覧になったページへ飛ぶ。

「へえ」

なかなかおもしろそうな試みだと柊一は感じた。

どうやら悠司はひそかに柊一たちの仕事を隠し撮りして、店の知られざる一面を紹介するショートムービー集をつくってくれていたらしい。それによって店に親近感と興味を抱いてもらおうという意図だろう。

とりあえず、いちばん目立つ位置にある〝ここからみてねこ〟と題された動画から視聴することにした。

すぐに再生がはじまって、スクリーンに悠司の照れくさそうな顔が映し出される。

画質はとてもよかった。スマートフォンではなく、デジタルビデオカメラを長い棒の先にとりつけて、悠司は自分の顔を撮影しているらしい。場所は家の一階の廊下。

たしかに、ここからなら棒をのばせば厨房を隠し撮りできる。

画面のなかの悠司が口を開いた。

「ん……。はじめまして。俺はみけねこ食堂の店主の弟で、谷村悠司。年は二十五歳。身長百八十五センチ、体重七十二キロ。職業は無職……あ、それはどうでもいいか。以後、このプレゼン動画の進行役をさせていただきます。よろしくお願いします」

ちょっと微妙な出足に柊一は苦笑するも、画面内の悠司はマイペースでつづける。

「どうしてこんな動画をつくることにしたかっていうと、理由があって。ネットの情報って、なんだかんだで大事だけど、正しい情報が、一部の悪意ある人にゆがめられちゃうケースもわりとあるよね？　個人的にそれ、すごく納得がいかないんだ。だったらもう、伝えたいことは自分たちでダイレクトに発信しちゃおうかなって」

一瞬、なにか嚙《か》みしめるような間を挟むと、悠司はふたたび口を開く。

「そうすれば……きっとうちの店が実際にはどんなふうか、真実をわかってもらえると思うんだ。というわけで、初回は店の一日のざっくりした紹介から。店主の柊一が朝の仕込みの作業をして、夜に仕事を終えるまでをみていくよ。こっそりとね」

そして悠司のやさしい顔を映していたカメラが被写体を離れ、厨房へと侵入する。

ひえびえとした朝の厨房では、柊一が食材を分類しているところだった。

おはようございまーす、と勝手口から入ってきた業者が発泡スチロールや段ボールの箱を次々と置いていき、柊一がそこから食材をてきぱきと取り出して、肉を冷蔵庫に入れたり、魚を作業台に運んだりしている。

動線が頭に入っているので柊一の動きには無駄がなく、あっという間に作業に最適な配置を終えた。

渋い銀色に光る清潔な厨房にはすでに火が入っており、寸胴鍋《ずんどうなべ》では昆布のだしをとっているところ。いつのまにか柊一は作業台で黙々と包丁をふるい、素材の下処理に入っている。

そこに画面の外から悠司のナレーションが重ねられた。

「みて。丁寧な仕事をしてるでしょう。素人の俺がみてもそう思うんだから、実際はもっと細かい技術や工夫を山ほど使ってるはずだ。あのさ、仮に『犬の食う料理』をつくるためだとしたら、こんなに真剣に取り組むと思う？　あなたなら『客に喧嘩《けんか》売ってるとしか思えない』料理をつくるために、これほどのことをするかな？」

もちろん、なにをどう感じるかは個人の自由だけど、と悠司は控えめにいい、直後に画面が切りかわる。

今度は、昼の営業中の店内にシーンが変わった。

一時の盛況ぶりは完全に鳴りをひそめ、店にはいま、古株の常連客がひとりいるだけ。閑散とした光景だが、それでも柊一がつくり、詩香が運んできた料理を客はおいしそうに食べ、しあわせそうな笑顔を浮かべている。

そこにまた、悠司のナレーションが重ねられた。

「身内がいうのもなんだけど、柊一兄貴の料理はほんとうにおいしいんだ。みてよ、あのブリの照り焼き。茶色の濃厚で甘辛いタレがてらてら光って、みてるだけでたまらなくない？　ほんと……みんなにも食べてほしい」

そして最後は夜の営業中のシーンになり、閑古鳥が鳴く店内で詩香がぽつんと客の来訪を待っているところが映し出された。孤独に、ただ待ちぼうけだ。

「できれば繁盛してるところを撮りたかったけど、残念ながら今夜のお客さんはゼロでした。仕込んだものとかもったいないよね。あれだけ丹念に準備してたのに」

もちろんそれは店側の事情だから、皆さんには関係ないけど。

そんなナレーションのあと、カメラがふたたび悠司の顔へと戻ってくる。

「というわけで、みけねこ食堂の平凡な一日をお送りしました。いかがでした？　やっぱり退屈だったかな……」

悠司は眉根をよせて笑うと、ふいに低い声で「でも」といった。

「でも、そのうちこの店には、また人が集まるようになる。たしかにいまはピンチだけど、このままどん底で終わるわけがない」

だって、ここはいい店だから。

そうつぶやくと、悠司はみたことがないくらい切ない顔をした。

そして心から訴えかけるような口調で、カメラの向こう側へと語りかける。

「いい店……ほんとにいい店なんだここは。だって、だれが来てもいい。だれの来訪も歓迎するんだから。貧乏な人でも、無職でも、ひきこもりでもいい。リストラされた会社員でも、学校でいじめられてる子だっていい」

もてない男でも、女でもいい。アラサーでも、アラフォーでも問題ない。

友達がいない人でも、皮肉屋でも、自分を装ってる人でも、独身でもバツイチでも、社会の負け犬でも、人生の敗残者でもかまわない、と悠司は熱をこめてつづけた。

「完璧《かんぺき》な人間はこの世にいない。この店は、だれの価値もひとしく認めている。扉を開けて待っている。おなかを空《す》かせたり、迷いを抱えたり、ささやかなしあわせを求めている人に分け隔てなく、あったかいものを提供してくれる店……。ここはみんなに開かれた場所なんだ！」

だからいちど来てみてほしい、と悠司は力強く訴えた。

「ネットでは一部で悪評を書かれたりもしているけど、それってほんとうに正しいの？　信用できるの？　いま映像に出てきた人たちよりも悪評を書く人のほうが偉いのか？　自分の目と舌で、実際に味わって判断してほしいよ。そうしてくれると、死ぬほどうれしい」

この店は、皆さまの来訪を心からお待ちしてます――。

そういい終えた悠司は深呼吸して一礼し、そして動画はさらりと終わった。

柊一は言葉を失って固まっていた。

悠司のやつ、と思った。

面接で失敗して、まだつらい時期だろうに、なにもいわずにこんなものを。

スマートフォンを握りしめて柊一が下くちびるを噛んでいると、神崎が「なにもかも、それのせいだ」と小声でうめいた。

「その動画には、人の正義感を刺激するなにかがあったらしい。すぐにSNSで拡散して話題になった。滑稽《こっけい》にも、うちの従業員までもが感化されたらしくてな。みけねこ食堂を中傷する口コミを、私の命令で書きこんだとネットで暴露しやがった」

その一撃に触発され、もともと神崎に不満のあったバイトたちが次々と店の悪事を暴き立てたらしい。あとはもう奈落《ならく》の底まで、あっというまに落ちるだけだ。

そうして神崎の店はネットで炎上どころではない異様なさわぎになり、あの店には絶対にいくなという風評が形成された。こんなオーナーの下で働くのはもうこりごりだと、従業員にもボイコットされているという。

逆に、不当におとしめられていたみけねこ食堂には応援の声が集まっており、売上が最近好調なのは、おそらくそれが理由だろうということだった。

「頼む……。うちの店を擁護する動画を用意してくれ。やらせでいいんだ。この風評をくつがえす方法はそれしかない」

神崎は、店の床におもむろに両膝《りょうひざ》をつくと、そこに左右の拳《こぶし》をのせた。

「……金はいくらでも払う！」

そういって、いつか自分がさせた行為と同じように頭を下げる神崎の前で、しばらく柊一は黙考していたが、やがて静かに口を開いた。

「悠司のやつ、やっぱりすげえな……。只者《ただもの》じゃねえ。ステルスの中傷に、ダイレクトの動画で対抗するなんて正攻法、当たり前のようでいて、なかなかできねえよ」

さすがは俺の弟だ、と柊一は口端をあげて、自分でも驚くほど安らかな気持ちで、床に膝をつく神崎へと向き直った。

「もう頭あげろ」

「いくら払えばいいっ？」

はじかれたように顔をあげる神崎に、柊一はそっとかぶりをふって告げた。

「勘違いすんな。金はいらねえし、見え透いた嘘の動画をつくる気もない。おまえは素直に自分の罪を認めて、反省しろ」

神崎は一瞬絶句したが、すぐに瞳《ひとみ》に狡猾《こうかつ》な色を浮かべて食い下がった。

「二百万ならどうだ……？　三百万ならっ？」

「いい加減にしろ！」

柊一は一喝した。「まだわからねえのか？　あんたの最大の武器である嘘は、悠司の率直さの前に負けたんだよ。そのことのほんとうの意味を理解しろ」

雷にでも打たれたような顔で言葉を失う神崎に、柊一はゆっくり説いてきかせる。

「べつに、これで終わりじゃない。人生はつづくんだ。だからこそ、あんたをここで助けることは、あんた自身のためにならないんだよ。あんたの才覚は人をいいように騙《だま》して、嘲笑《あざわら》うためだけに使うのはもったいないものだ」

真意をうかがうように、こちらをみつめてくる神崎に「まともな方法でやり直せ。失われた信用を取り返せるかどうかは、それ次第だよ」と柊一は告げる。

決して神崎をやりこめるための言葉ではない。柊一の本音であり、いままでの人生経験からつむぎ出した、自分なりの真摯《しんし》な助言のつもりだった。

張りつめた静寂の時間がしばらく流れる。

ふいに「……わかった」と小声でいうと神崎は立ちあがった。

なにもいわず、足を引きずるようにして出口に歩いていく神崎の背中を柊一と詩香は口をつぐんでみつめる。

神崎が扉を開け放つと、外のまぶしい光が店内に差しこんだ。それに一瞬目を細め、神崎はこちらをふり返ると、不思議とおだやかな表情でつぶやく。

「さっきの言葉……昔の兄さんを思い出した」

「え？」

「じゃあな」

どこか満足そうに最後はうっすらと微笑んで、神崎は外の光のなかへ出ていった。

数ヶ月後、神崎の店は三ノ輪橋からの撤退を決めるが、それはまたべつの話だ。

10

五月のあかるい日差しの下、ちいさくなっていく神崎のうしろ姿を、店の前で柊一と詩香が見送っていると、ふいに背後から良樹の声がした。

「やっと終わったね」

えっと思ってふり返れば、悠司も珊瑚も杏もいて、柊一はおいおいと脱力する。こんな天気のいい休日に、みんな家にいたらしい。

「いろいろあったけど、最後はわかってもらえたみたいで、よかったよかった」

そういってうれしがる良樹に、杏がにっこり笑ってつづける。「みんなでこっそり柊一のかっこいいところをみてたんだよ。柱の陰に隠れて」

「マジか？　家政婦かよ」

柊一の軽口の意味がわからなかったらしく、杏は首をかしげるが、まあそれはいい。

「いや、まじめな話、俺はべつに活躍してない。したのは……」と柊一は今回の真の功労者へと顔を向ける。

とまどい、指先を自分の顔へと向ける悠司に、柊一はにやりと微笑みかけた。

「動画、いいできだった。やるじゃねえか」

「ん……。そう？」

「胸を張れって。おまえ、じつは動画クリエーターとかでも食っていけるかもよ」

悠司は立てた片手をすばやく横にふる。「ないない。それはさすがに」

「どうだろうねぇ。柊一兄貴の恥ずかしい映像でも撮ってアップすれば、みたい人はみるんじゃない？」

珊瑚が例によって優雅に嫌味をいい、むっと柊一が口をとがらせる。のどかな兄弟喧嘩《げんか》がはじまり、悠司と良樹と杏と詩香は声をあげて笑った。

長らく一家を悩ませていた問題が解決し、胸のつかえがとれた気分なのだろう。笑い声はさわやかにつづき、燦々《さんさん》とした春の陽光が六人の顔をまぶしく照らす。

やがて、ふと柊一の脳裏にひらめくものがあった。

なぜだろう。澄んだ日差しと、先ほどの神崎の去り際の言葉が引き金になったのかもしれない。兄さんがどうとか最後にいっていたが、それが柊一のなかの兄の記憶とも結びついて、化学反応を起こした。

今日の空は爽快《そうかい》な晴天。そして長男の零も晴れわたる青空を連想させる人だった。

「そうだ……。零兄貴は、五月晴れって言葉が好きだったんだ」

なぜいままで忘れていたんだろう。柊一の心臓はにわかに強く打ちはじめる。

兄の本棚の奥からみつかった五桁《けた》のダイヤル錠のついた木箱。それを解錠する数字に、兄は好きな言葉の語呂《ごろ》合わせを設定したはずだと、母の友人、小西が以前教えてくれたことを思い出したのだった。

もしかして――。

きびすを返して柊一は屋内に駆け戻ろうとするが、ふいに奇天烈《きてれつ》な音が響く。ふり返ると、どうやら悠司のスマートフォンの着信音らしい。

悠司はなぜか顔をこわばらせて画面を数秒みていたが、喉《のど》を鳴らして電話に出た。

「もしもし」

どこのだれからの電話かはわからない。ただ、悠司がいつになく礼儀正しい口調で話しているので、つい柊一も家に戻るのを忘れ、彼の様子にしげしげと見入る。

「はい。……はい、はい。……えっ、ほんとですかっ？　はい……はい！」

よろしくお願いします！

最後は大声でそういうと、悠司は頬を上気させて電話を切った。

ぽかんと様子をみていた柊一、珊瑚、良樹、杏、詩香の五人に説明しないわけにいかないと思ったのか、悠司は顔をあげると、「えっと……。就職、いま決まった」とメガトン級の爆弾発言を投下する。

「いや、その、こないだ落ちた会社で急な欠員が出たらしくてさ。どうしても即戦力がいるんだって。そういうわけで……決まっちゃった」

思いがけない吉報に度肝をぬかれて、珊瑚も良樹も杏も完全に絶句していた。

皆のその惚《ほう》けた沈黙が「やったああ！」という天をつくような歓声に変わったのは、杏が悠司に思いきり飛びついて、無邪気な喜びをあらわにした瞬間だった。

「よかったあっ。よかった、悠司、おめでとう！」

「う、うん。杏ちゃん、ありがとう！」

公園の遊具さながら杏は悠司にしがみつき、くるくると回転させてもらっている。

「ほんとにほんとに、おめでとうっ。わたしもう、目がまわりそうだよ！」

皆に囲まれて祝福される悠司は、心底うれしそうな笑顔を浮かべていて、みる者をぎゅっと切なくさせた。それくらい胸に深くせまってくるものがあった。

目もとがあまりにも熱く、どうしてもこらえられない。柊一はくちびるを強く噛《か》んで片手で顔をおおう。

悠司の真価が認められないのはおかしいと、ずっと思っていた。実力があるのに正当に評価されないことの苦しさをよく知っていたからだ。

ずっと不遇だった弟がとうとう報われる。こんなにうれしいことがほかにあるか？

皆の祝福と悠司の喜びの声を聞きながら、柊一はなにもいえず、ただ強く目もとを押さえつづけた。

たからもの

数字を合わせると、すべてが噛み合った手ごたえとともに、かちりと音がした。

わっと皆の声がそれにつづく。

谷村家の居間で、柊一たちは例の木箱からダイヤル錠を取り外したところだった。「五月晴れ」を語呂合わせに直せば、「さつきばれ」で「32980」。それを設定したところ錠前は呆気《あっけ》なく開いた。あとは箱のふたを開けるだけだ。

柊一はちいさく喉を鳴らして思いをめぐらせる。

事件性がないようにみえるため、警察は長男の零の捜索に積極的とはいえず、いまだに行方はうかがい知れないし、帰ってくる気配もない。

でも、自分は兄の代わりに、姪《めい》と店と家族を体を張って守りきった。その成果がいま、具象化するような不思議な感慨をおぼえて、柊一の体はかすかにふるえる。

ふいに杏がいった。「こういうのってリングに似てる。つながってるみたい」

「え？」

「だってそうでしょ。だれが欠けても、この箱が開くことはなかったんだから」

いわれてみればそのとおりだと柊一は気づいた。

零の秘密の隠し場所が本棚だということは自分しか知らなかった。

それを悠司に教え、彼が探したからこの箱がみつかった。

また、珊瑚が新しいスイーツの作製をうながし、杏がアイデアをくれたから、あんこ入りコロッケができた。

その評判を聞いて、家が錠前屋の小西が来店し、好きな言葉で語呂合わせにすればいいと幼いころの零に教えたことを伝えてくれた。

そしてその言葉が五月晴れだと気づいて解錠したのは、ふたたび柊一だ。杏はリングと表現したが、元の場所にぐるりと戻ってくるドミノ倒しのようだと柊一は思う。

ともあれ、躊躇《ちゅうちょ》はもういいだろう。箱の中身が兄の行方とは直接関係ないとしても、開けるべきときだ。

柊一はそっと箱のふたに手をかける。「……開けるぞ」

「うん！」

思い切って開けた箱に入っていたのは意外なもので、柊一は家族ともども、きょとんと目をしばたたく。

何の変哲もない白い封筒がふたつ。なかにあったのはそれだけだった。

「手紙……か？」

二通の封筒を手に取ってまじまじとみると、ひとつには「零へ」。もうひとつには「家族へ」という宛名《あてな》が、見おぼえのある字で書かれていた。柊一ははっと息をのむ。

「母さんの字だ」

思わず家族と顔をみあわせた。

どうするべきか相談した末、最終的には両方とも読むことになった。そうしなければ状況はおさまらないし、また、直感的に読まなければいけないようにも感じる。

柊一はなにかに導かれるように、まずは零に宛てられた封筒から便箋《びんせん》を取り出す。開いてみれば短い手紙――というより伝言メモに近いものだった。

『零へ。いつもありがとう。もうひとつの手紙は、おまえが家族のことでほんとうに困ったとき、みんなに読ませてください』

読み終わった柊一は数回まばたきしたあと、この手紙の意味するところを考える。いうなれば、これはある種の切り札ではないのか。つまりは母さんが、家族のことを長男の零にまかせるにあたって託した、最後のメッセージのようなもの。

黙考する柊一を我に返らせるように、「柊一っ」と京が声をかける。

竜也が押し殺したような怖い声でつづけた。「いいから読んでみろ、柊一！」

たしかに、読むべきときはいましかない。今度は家族に宛てられた封筒から柊一は便箋を取り出し、固唾《かたず》をのむ家族たちの前で音読した。

それは、生前の母が家族に宛てた、やさしい春のひだまりのような言葉だった。

＊

柊一、悠司、珊瑚、良樹。

元気にすごしていますか？　風邪など引いていませんか？

正直、こういうものを書くべきか迷ったのですが、やはり残しておくべきだと思い、慣れない筆をとりました。いま、未来の息子たちに宛てて手紙を書きながら、しみじみと不思議な感慨をおぼえています。

みんな、お母さんのことをちゃんとおぼえていてくれるのだろうか？

さて、みんながこれを読んでいるということは、よほど大変な事態なのでしょう。零さえも困り果てるのだから、もしかすると、谷村家はじまって以来の危機なのかもしれません。

挫折《ざせつ》し、傷ついて、膝《ひざ》を抱えている者がいるのだろうか？

心細さと不安に、布団をかぶって震えている者がいるのだろうか？

だれの助けも借りられないほど、その子は追いつめられているのだろうか？

想像すると、お母さんも心が痛みます。でも、そんなときだからこそ、ひとつ深呼吸してください。それから、まわりをよくみてください。

ほら。いちばんの味方が、血のつながった家族たちが、あなたに手をさしのべているのがわかるでしょう？

その輪のなかに加われば、ひとりはひとり以上の存在になれる。だれにも負けないものすごい力を発揮できる。

だって、あなたたち兄弟はどこに出しても恥ずかしくない、自慢の子どもたちなんだから。

柊一。あなたは独立心が強いけど、ほんとうは面倒見がよくて、みんなを引っ張っていくタイプ。逆境に強いあいつにはとてもかなわないと、零もいつも褒めているんだよ。みんなを守って、導いてあげてね。

悠司。あなたは兄弟のなかでいちばん創造力のある子。もうだめだと思ったとき、予想もしないアイデアを出せるのが悠司だと、零もよくいっているよ。冴《さ》えたひらめきで、家族を助けてあげてね。

珊瑚。気が強くて感性が鋭いあなたは、きっと頭のいい子に育つでしょう。上の兄さんたちが歯がゆく感じられるときも、やさしい気持ちで手をさしのべて、仲よくしてあげてね。

良樹。今年二歳になるあなたは、これからどんな子に育つのでしょうか。さびしがらずに元気でいてね。お母さんはいつも良樹のことを見守っているから。


さて、零のこと。

零がいま、どんな状況に陥っているのか、正直、お母さんにも想像がつきません。でも、どんな人間だって完璧《かんぺき》じゃない。零だって同じです。なにが起きたとしても、あなたたち家族だけは許してあげてほしい。いまはどうにもならなくても、時間が解決してくれることだってあるはず。どうか、あなたたちの長男を信じてあげてください。

また、お父さんとおばあちゃんも、きっとこの手紙を読んでくれているのでしょう。ごめんなさい。子どもたちのこと、よろしくお願いします。

最後に自分のことを少し。

親として、子どもたちの成長を見届けられないなんて想像もしたくないこと。どうして、という気持ちはもちろんあります。

ただ、たとえいま自分がこの世に存在していないとしても、不幸だとはこれっぽっちも思わない。それははっきりと明言しておきます。

なぜなら、あなたたちの母親になれたこと。それはわたしの人生において、かけがえのない、最高のたからものだと思っているから。

その喜びを天に与えてもらった人生を、わたしは心から誇りに思っているのです。

よかった。

あなたたちという、おしみなく愛情を注げる存在に恵まれて、ほんとうによかった。

好むと好まざるとにかかわらず、人と人の絆《きずな》のなかで家族というつながりは、いちばん強く、とくべつなものでしょう。もちろん、たまには嫌なこともあるかもしれませんが、本来はなによりも尊く、すばらしいものであるはずです。

困ったときは助け合ってください。支え合ってください。だって、家族がしあわせでいてくれることが、お母さんにとって、いちばんのしあわせなんだから。

柊一も、悠司も、珊瑚も、良樹も、もちろん零も、わたしの大事なたからもの。

みんなでおたがいの笑顔を守り、いつまでもきらきらとかがやいていてください。

元気でね。

母より

＊

読み終わり、手紙の意味を理解した柊一は、目もとを押さえてうめいた。

「母さん……」

きっと予感があったのだろう。胆管を病んでいた母さんは、その兆候を感じていたにちがいない。

だから亡くなる前に、一種の保険としてこのような手紙を書き、零に託した。

自分にもしものことがあったとき、母親不在の家が危機に陥ったら、これを箱から出して、皆に読ませるようにと。

目的はもちろん、残された家族の団結を強固にするため。

——母さんは、最後の最後まで家族のことを案じてくれていたのだ。

そのことを理解した竜也と京はいま、声を殺して泣いていた。兄弟たちも言葉を失い、目を赤くして母の思いに感じ入っている。

家族とはなんだろうか？ 熱くふるえる柊一の胸に、ふと思いがきざす。

前に杏に問われて以来、ひそかに考えつづけてきたことだが、母の定義によればそれは人と人のもっとも強い絆。助け合い、おたがいの笑顔を守りあう礎となるものだ。

そこにいきわたる愛情は、時間も空間も超越する。いま、こうやって手紙が届いたように、どれだけ距離が離れても、どれだけの時間を隔てても、思いは変わらない。

母さんも、そして零も同じように——。そういうことだと思った。

手の甲で目尻《めじり》をぬぐい、柊一はつぶやく。

「母さん、零兄貴……。ありがとう。俺たちはだいじょうぶだから」

もともと柊一がこの家にきたのは零が戻るまでの代役にすぎない。だから、いつか零が帰ってきたときには、また谷村家を離れることになる。

それは自分の人生において、きっとおおきなひとつの区切りになるのだろう。

もちろん柊一も、零の帰還を心待ちにしているのはたしかだ。

でも、いまはもう少しだけこのままの関係でいたい——。そう思ってしまうのは、いけないことだろうか？

いや、母なら、そして零なら、やさしく笑って許してくれる。そんな気がした。

やがて兄弟たちは涙をぬぐうと、顔をみあわせて強くうなずく。

予想しても、しきれないのが人生だ。今後も苦難に襲われることはあるだろう。

だが、この顔ぶれがそろっていればこわいものはない。どんな逆境にも、おそれることなく立ち向かっていける。

兄が帰ってくるまで、この子を守りつづけながら。

柊一がそっと微笑みかけると、杏もにっこりと屈託のない笑顔を返した。

本書は書き下ろしです。
この作品はフィクションです。実在の人物、団体等とは一切関係ありません。

懐《なつ》かしい食堂《しょくどう》あります

谷村《たにむら》さんちは大家族《だいかぞく》

似鳥航一《にとりこういち》

平成28年 12月25日　初版発行

発行者●郡司 聡

発行●株式会社KADOKAWA
〒102-8177　東京都千代田区富士見2-13-3
電話 0570-002-301（カスタマーサポート・ナビダイヤル）
受付時間 9:00～17:00（土日 祝日 年末年始を除く）
http://www.kadokawa.co.jp/

角川文庫 20114

印刷所●株式会社暁印刷　製本所●株式会社ビルディング・ブックセンター

表紙画●和田三造

ISBN978-4-04-105059-0　C0193

角川文庫発刊に際して

角川源義

　第二次世界大戦の敗北は、軍事力の敗北であった以上に、私たちの若い文化力の敗退であった。私たちの文化が戦争に対して如何に無力であり、単なるあだ花に過ぎなかったかを、私たちは身を以て体験し痛感した。西洋近代文化の摂取にとって、明治以後八十年の歳月は決して短かすぎたとは言えない。にもかかわらず、近代文化の伝統を確立し、自由な批判と柔軟な良識に富む文化層として自らを形成することに私たちは失敗して来た。そしてこれは、各層への文化の普及滲透を任務とする出版人の責任でもあった。

　一九四五年以来、私たちは再び振出しに戻り、第一歩から踏み出すことを余儀なくされた。これは大きな不幸ではあるが、反面、これまでの混沌・未熟・歪曲の中にあった我が国の文化に秩序と確たる基礎を齎らすためには絶好の機会でもある。角川書店は、このような祖国の文化的危機にあたり、微力をも顧みず再建の礎石たるべき抱負と決意とをもって出発したが、ここに創立以来の念願を果すべく角川文庫を発刊する。これまで刊行されたあらゆる全集叢書文庫類の長所と短所とを検討し、古今東西の不朽の典籍を、良心的編集のもとに、廉価に、そして書架にふさわしい美本として、多くのひとびとに提供しようとする。しかし私たちは徒らに百科全書的な知識のジレッタントを作ることを目的とせず、あくまで祖国の文化に秩序と再建への道を示し、この文庫を角川書店の栄ある事業として、今後永久に継続発展せしめ、学芸と教養との殿堂として大成せんことを期したい。多くの読書子の愛情ある忠言と支持とによって、この希望と抱負とを完遂せしめられんことを願う。

一九四九年五月三日

わが家は祇園《まち》の拝み屋さん

望月麻衣

心温まる楽しい家族と不思議な謎！

東京に住む16歳の小春は、ある理由から中学の終わりに不登校になってしまっていた。そんな折、京都に住む祖母・吉乃の誘いで祇園の和雑貨店「さくら庵」で住み込みの手伝いをすることに。吉乃を始め、和菓子職人の叔父・宗次朗や美形京男子のはとこ・澪人など賑やかな家族に囲まれ、小春は少しずつ心を開いていく。けれどさくら庵は少し不思議な依頼が次々とやってくる店で!?　京都在住の著者が描くほっこりライトミステリ！

角川文庫のキャラクター文芸

ISBN 978-4-04-103796-6

猫と幽霊と日曜日の革命

サクラダリセット1

河野 裕

時間を巻き戻す少年と少女の青春

見聞きしたことを絶対に忘れない能力を持つ高校生・浅井ケイ。世界を三日巻き戻す能力・リセットを持つ少女・春埼美空《はるきみそら》。ふたりが力を合わせれば、過去をやり直し、現在《いま》を変えることができる。しかし二年前にリセットが原因で、ひとりの少女が命を落としていた。時間を巻き戻し、人々の悲しみを取り除くふたりの奉仕活動は、少女への贖罪《しょくざい》なのか？　不可思議が日常となった能力者の街・咲良田《さくらだ》に生きる少年と少女の奇跡の物語。

角川文庫のキャラクター文芸

ISBN 978-4-04-104188-8

GOSICK RED《ゴシックレッド》

桜庭一樹

〈グレイウルフ探偵社編〉文庫で開幕！

世界一キュートで博覧強記な名探偵、でも相棒の一弥に迷惑かけまくり……のヴィクトリカがニューヨークにやってきた！ 禁酒法下の街にはジャズの音色が響き、危険な銃声も轟く。ヴィクトリカはさっそく探偵事務所をオープンし、一弥は新聞記者に。だがある日、闇社会の男からギャング連続殺人事件の捜査を頼まれたことから、2人は全米を揺るがす大陰謀に巻きこまれて――!? No.1ゴシックミステリシリーズ。新章、開幕！

角川文庫のキャラクター文芸

ISBN 978-4-04-104595-4

カブキブ！1

榎田ユウリ

経験不問。カブキ好きなら大歓迎！

高校一年の来栖黒悟《くるすくろご》（クロ）は、祖父の影響で歌舞伎が大好き。歌舞伎を部活でやってみたい、でもそんな部はない。だったら創ろう！と、入学早々「カブキブ」設立を担任に訴える。けれど反応は鈍く、同好会ならと言わせるのが精一杯。それでも人数は５人必要。クロは親友のメガネ男子・トンボと仲間集めを開始。無謀にも演劇部のスター、浅葱《あさぎ》先輩にアタックするが……⁉　こんな青春したかった！　ポップで斬新なカブキ部物語、開幕！

角川文庫のキャラクター文芸

ISBN 978-4-04-100956-7